La musa política

José María Herrera

La musa política

bokeh

Prefacio 11
Bassani y la memoria histórica 17
Milan Kundera y el humor. 33
Ismaíl Kadaré y el totalitarismo 49
Leonardo Sciascia y la mafia 71
Philip Roth y la cuestión judía 87
Salman Rusdhie y el fanatismo 103
Coetzee y los animales 117
El caso Esterházy 135
David Foster Wallace y el aburrimiento 151
Las novelas ecologistas de Richard Powers 165

A los Hirus (Tere incluida, por supuesto)

Cuando la novela haya muerto, la sociedad tecno-
lógica nos dominará por completo

Jean-Luc Godard

Prefacio

Durante el siglo xx se anunció reiteradamente la muerte de la novela. Aún se sigue haciendo, aunque sin la convicción de entonces, como si fuera solo el eco amortiguado de un presagio fallido. Son tantos los títulos publicados en los últimos cien años, algunos de altísima calidad, y tan espectacular la evolución del género, que quizá sea preferible hablar de expansión y florecimiento que de declive. El paso de la novela realista, centrada en las peripecias existenciales o psicológicas de los personajes, típica del siglo xix, a lo que Henry James llamó «el monstruo donde cabe todo» y Milan Kundera «novela total», ha sido difícil y ha dejado tocados por la nostalgia de viejos libros a montones de lectores y autores, aunque también ha propiciado el mestizaje de poesía, narrativa y ensayo en una totalidad nueva que trasciende géneros y dota a la invención novelesca de un poder de penetración inaudito.

Como es natural, el escritor que aprovecha estas posibilidades para comprender la realidad busca de alguna manera la verdad, pero la verdad a la que aspira no es la verdad objetiva de la ciencia, ni la verdad indisputable de la fe o las ideologías omniscientes. Lo característico de su labor, «la prerrogativa del narrador», es que sus obras poseen, aun cuando se basen en hechos o personas reales, un carácter hipotético, nunca pontifical o inequívoco. La novela es, por definición, lo contrario del libro sagrado. Acercarse a ella esperando encontrar la última palabra del autor sobre un asunto, suponer que este emula al escribir al testigo que jura decir la verdad y solo la verdad, creer que su texto es tan sincero como la confesión del moribundo en el lecho de muerte, es el clásico error de los inquisidores. Dentro del espacio novelesco no existen verdades inapelables. «En el arte» –dice Oscar Wilde– «una verdad es aquello cuya contradicción resulta asimismo cierta». El novelista se recrea en las contradicciones de sus personajes absteniéndose en cuanto tal de juzgarlos (otra cosa es el narrador); al margen de preferencias personales, está de parte de todos ellos. Su territorio no es la zona intermedia donde operan con infalible rigidez los códigos morales y los prejuicios de la mentalidad común, siempre tan segura de poder trazar la línea que separa el bien del mal, sino los bordes minados en los que explota la fricción.

Por supuesto que en todo ello hay grados. No hay que adentrarse en los arrabales de la literatura para advertir las diferencias existentes entre unas obras y otras. Entre una buena novela de ideas más o menos convencional, al estilo de las de Orwell o Sartre, y una novela total, a la manera de Joyce, Broch o Gaddis, las diferencias son evidentes. Mientras que las primeras se ponen al servicio de las ideas de los autores, algo a lo que desde luego tienen pleno derecho, en las segundas son las ideas las que están al servicio de la novela. En cualquier caso, la publicación de narraciones excelentes que perpetúan los viejos modelos de la tradición no impide decir que lo que constituye la característica esencial de la novela contemporánea es su aptitud para absorberlo todo en su interior. Esta propensión panteística no solo es perfectamente compatible, sino que ha de serlo necesariamente, con la conciencia de su constitutiva singularidad, eso que llevó a Susan Sontag a afirmar que los escritores «son emblemas de la persistencia (y la necesidad) de una visión individual».

Mientras que socialmente se tiende a simplificar las cuestiones de acuerdo con las expectativas mentales de la comunidad, la novela, al menos en sus versiones egregias, juega a complicarlas. Su esfuerzo va en dirección opuesta a la del pensamiento común. Si las opiniones consagradas son difícilmente matizables porque lo que procuran es dejar claro dónde se está –de ahí la dificultad social de romper filas–, la novela, en la medida en que se vuelca sobre esa realidad infinitamente cambiante que es la vida, no admite otra posibilidad que la del matiz. Sabe que la vida humana es un ovillo enmarañado y no se hace la ilusión de poder desliarlo definitivamente. Las contradicciones de la condición humana no la amedrentan. Tampoco la desconcertante falta de realismo de la realidad, su carácter imprevisible y a menudo fantástico. El escritor de novelas no aspira a contar qué sea la realidad o cómo funciona. Si algo se opone a la sabiduría novelística es el afán de convertirse en la respuesta última a nuestras preguntas. De lo que la novela se ocupa es del contraste entre múltiples formas de vivir y concebir la vida y esto significa, como escribió Kundera, que «es un territorio donde nadie posee la verdad, pero en el que todos tienen derecho a ser comprendidos».

Con ese fin el escritor echa mano de lo que puede, comenzando por los poderes del lenguaje y la imaginación, sus dos herramientas fundamentales. Gracias a ellas toma distancia de las ideas reinantes y aborda desde perspectivas inesperadas los problemas que le interesan. Da igual que sea una novela ambientada en el pasado, el presente, el futuro o en ningún tiempo en particular. Y es que la novela, hija de la fantasía, no se asemeja a la ciencia, que aspira a ofrecer una visión objetiva de lo que hay (visión que excluye las peculiaridades de la vida singular), ni a la filosofía, cuyo propósito es poner al descubierto la articulación lógica de la realidad (como si no formara parte de ella la locura que a menudo la desbarata) ni tampoco a la religión y la ideología, donde en vez de numerosas voces divergentes se escucha solo una voz que reclama sumisión a cambio de franquear la puerta de otro mundo mejor (mundo al que falta lo fundamental para poder ser llamado «mundo»: tener un día que dejar de serlo); la novela es tanteo, aproximación, sí y no, inestabilidad. Se afana por atrapar la vida en pleno vuelo, pero no para clavarla en un álbum donde quede inmovilizada, sino para observarla, procurar comprenderla y al final, cómo no, dejarla seguir su curso.

Si bien la novela se caracterizó desde su origen por una ilimitada libertad, hasta el siglo XX no ha estado en condiciones de aprovecharla plenamente. La Ilustración, rival de la superstición y la fe, consagró en el siglo XVIII el principio de verosimilitud atándola sin proponérselo a los prejuicios de la normalidad, ese ingenuo realismo de las apariencias que a la vez que promovía el progreso disculpaba la esclavitud o la minoría de edad de las mujeres. Los apóstoles del género —Rabelais, Cervantes, Sterne—, conscientes de que lo verdadero no siempre es verosímil, no tuvieron que embridar la fantasía al escribir sus historias: podían dejarse llevar por ella sin temor a transgredir ningún principio, algo mucho más difícil de hacer en el siglo XIX, el siglo burgués. Gracias al decisivo influjo de Kafka, quien parodió el realismo hasta sacarlo de quicio, hemos recobrado la libertad de que se gozó tras la ruptura de la unidad cristiana y el desplome del orden feudal (una situación análoga a la que padecemos nosotros a consecuencia de la ruptura del consenso sobre la realidad de la realidad). Hoy vuelve a no haber límites. *Quixote*, homenaje de Rusdhie a la primera gran novela de la historia, es un ejemplo de hasta donde se puede llevar esa libertad sin perder de vista el viejo imperativo de preservar el sentido inherente a nuestra condición de seres lingüísticos, requisito indispensable para que una narración pueda ser considerada novela.

«Sentido» no significa aquí nada abracadabrante, sino la capacidad de la narración para integrar en una totalidad congruente los elementos que la conforman. Solo siendo inteligible (y la inteligibilidad no excluye el disparate o el delirio) puede una novela recabar la complicidad del lector. Este espera de la invención novelesca que enriquezca su visión de la vida, pero también que lo haga de modo placentero. Suprimir el placer de la lectura, renunciar a él, sería tan descabellado como eliminarlo del sexo. Leemos por motivos muy distintos, pero el primero y principal es el goce. Si el lector no disfruta del contenido de un libro lo cierra y coge otro; si, por el contrario, le proporciona placer, no le bastará con leerlo una vez, querrá repetir la experiencia. Esto no significa que el novelista deba hacer concesiones o ser superficial, como si su misión fuera única y exclusivamente agradar al lector. Comprobar cómo se aborda con solvencia una cuestión difícil puede producir la misma satisfacción que el relato de una aventura cuya comprensión no requiere esfuerzo. El arte de verdad siempre es más que entretenimiento, aunque el buen novelista jamás olvida que al otro lado de la página hay un lector al que está obligado a seducir renglón a renglón. Si logra que este participe del juego, que colabore con él, el placer será desde luego infinitamente mayor.

Este libro pretende analizar algunos problemas políticos característicos de nuestro tiempo, pero tomando como referencia la perspectiva adoptada en sus novelas por varios autores contemporáneos de primer rango. Algunos siguen todavía vivos, otros fallecieron recientemente. Todos sin excepción constituyen un ejemplo del poder de la literatura para abrirnos los ojos y arrojar luz sobre los asuntos que nos preocupan. La ficción narrativa no solo es un potente instrumento contra la falsedad y la impostura, sino que permite iluminar con más claridad y, a menudo con más rigor, la realidad en que nos movemos. Bassani, Kundera, Kadaré, Sciascia, Philip Roth, Rusdhie, Coetzee, Esterházy, David F. Wallace, Richard Powers, los protagonistas de este libro, ejemplifican a la perfección lo que quiero decir. La nómina de temas y autores podría haberse ampliado con muchos otros nombres: William Gaddis y la cultura de masas, Anthony Burguess y el problema del mal, Kurt Vonnegut y el libre albedrío, Toni Morrison y el racismo, Martin Amis y la revolución sexual, Joyce Carol Oates y la violencia… Pero no he pretendido agotar las posibilidades del proyecto, sino pensar, haciendo uso de mi privilegio como lector, sobre ciertos temas políticamente relevantes junto con los autores que he escogido. Lo que sí deseo subrayar antes de cerrar esta página es que cuando un novelista aborda en sus novelas temas de carácter político, siempre va más allá de la política y lo político. En ese «más allá» radica que sea de veras novelista y no un mero fabricante de libros.

Bassani y la memoria histórica

La amnesia de postguerra

Al concluir la última guerra mundial, tras unos primeros años de purgas y feroces represalias, las naciones europeas se vieron obligadas a elaborar una versión asumible de su responsabilidad en los acontecimientos. La tarea era difícil, pues como dijo Curzio Malaparte, «no fue una guerra de hombres, sino de canallas». Salvo los ingleses, cuyos sacrificios en contra del régimen de Hitler disculpaban los excesos del final, todos tenían de qué avergonzarse. Pero la prioridad política no era el ajuste de cuentas, sino la reconstrucción de Europa y su estabilización, así que cada país afrontó el problema a su manera, consciente de que «la mentira mantiene a flote muchas cosas que importan». Suiza y Suecia ocultaron sus coqueteos con el nazismo, tan fructíferos desde el punto de vista económico, aportando cuantiosas sumas a la restauración material del continente. Holanda castigó con severidad a los colaboradores, pero, a diferencia de Noruega, los amnistió a las primeras de cambio, algo que tardó en hacer con los supervivientes judíos de los campos, a los que se reclamó los impuestos impagados durante su confinamiento. En Francia, donde la idea de colaboración resultaba problemática debido a la existencia del régimen de Vichy, legítimo para la mitad de los ciudadanos, las culpas se diluyeron entre retóricos aspavientos, y en las naciones sometidas a la dictadura del proletariado, desconcertadas por el hecho de haber sido convertidas en colonias del Estado que las liberó de los nazis, las minuciosas depuraciones sirvieron sobre todo para quitar de en medio a cualquiera que se atreviera a cuestionar las bondades del comunismo. Por lo que se refiere a los vencidos, el truco fueron las soluciones de fantasía. Austria adoptó el disfraz de víctima del expansionismo germano, cultivando la neutralidad que aconsejaba la proximidad física del ejército rojo; Alemania del Este, después de permitir a los cuadros nazis remplazar la esvástica por la hoz y el martillo, cultivó la fabulosa leyenda de una secreta resistencia a Hitler; y en la otra Alemania, oficialmente culpable de lo acontecido, se convino que solo habían sobrevivido los inocentes.

Desde el primer momento estas operaciones de maquillaje fueron contestadas con dureza, aunque sin demasiado éxito. A la mayoría de la población le interesaba menos la verdad que el porvenir y optó por cerrar los ojos. Todavía en fecha tan lejana como 1969 las autoridades francesas prohibieron el estreno televiso de *La pena y la piedad*, un documental de Marcel Ophuls que abordaba la corrupción durante la guerra y la masiva colaboración con el invasor. Hoy las cosas han dejado de verse de esa manera. La concesión del Nobel a autores como Imre Kertész, Herta Müller o Patrick Modiano, cuyos textos reflejan la realidad de la época en términos muy diferentes a los inofensivos lugares comunes de entonces, y la proliferación de ensayos, memorias y películas que insisten en mostrar el amplío respaldo popular que tuvieron los nazis (desde *La liebre con ojos de ámbar* de Edmund de Waal a *La mujer de oro*, de Simon Curtis), apuntan a que Europa ha superado eso que Henry Rousso llamó «síndrome de Vichy»: la dificultad para reconocer lo que había ocurrido durante la guerra. La cuestión, a la vista del culto actual a la figura de la víctima –culto sospechoso tras el cual cuesta no ver cierto interés por explotar el dolor ajeno, siempre tan fácil de soportar–, está en saber si ese cambio es una reacción a los tópicos absolutorios de posguerra o fruto del olvido que sigue siempre al paso del tiempo.

El caso italiano

También Italia conoció el arrepentimiento sin penitencia, la autoexculpación y la amnesia. Había mucho que olvidar. Durante veinte años había imperado allí el fascismo, un movimiento que supo aprovechar en sus inicios la impresión de que el país se estaba convirtiendo en un mausoleo y necesitaba urgentes reformas. Entre quienes reclamaban la ruptura con la tradición –Marinetti y los futuristas, por ejemplo– y los partidarios de evitar cualquier cambio apareció un término medio salvador: Mussolini. Su fórmula para combinar tradición y modernidad fue el pastiche, una mezcla entre paternalismo socialista y amor burgués al orden que obligó a sacrificar primero la idea de ley y después todo lo demás.

La caída de Mussolini en 1943, con la guerra por decidir, brindó a los italianos una magnífica ocasión para desvincularse discretamente de él. La lucha contra la República de Saló, último bastión del régimen, la resistencia a los alemanes y el *dictum* marxista de que el fascismo reflejó solo los intereses de clase de la burguesía urbana maquillaron la imagen de la nación hasta el punto de que cuando Renzo di Felice, en los años sesenta, demostró en su biografía de Mussolini que este había contado con el incondicional apoyo de la pequeña burguesía, el proletariado, los campesinos y hasta los judíos, el escándalo fue mayúsculo. Y el problema es que tenía razón. Bassani lo confirma al recordar que el noventa por ciento de los habitantes de Ferrara, incluida la comunidad hebraica a la que pertenecía, lo apoyaron. Su hipótesis, más dura que la de di Felice porque cuestiona uno de los artículos fundamentales de la fe progresista, es que el fascismo logró el respaldo general de la ciudadanía no defendiendo los intereses de una parte, sino explotando la mediocridad del conjunto, una masa atónita y cerril a la que sedujo con «una papilla de ideas convertidas obscenamente en expresión totalitaria del genio nacional».

El estilo teatral, hiperbólico y narcisista que utilizaba Mussolini en su condición de primer actor del régimen solo pudo funcionar gracias a la militante estupidez de las masas. Idéntica idea defiende Alberto Savinio en *El rapto de Europa* cuando afirma que el régimen fascista no fue responsable de la inercia pensante de los italianos, sino solo de su «sistematización y codificación». El mito del pueblo comprometido con la libertad constituye una patraña ideológica. De hecho, en Italia, al concluir la guerra, tipos que habían lustrado a lengüetazos las botas de Mussolini juraban haberlo combatido incansablemente, algo muy parecido a lo que ocurrió en España tras la muerte de Franco, donde de ser cierto lo que tantos han declarado el país tuvo que parecerse a aquella organización anarquista compuesta solo por policías infiltrados que Chesterton describe en *El hombre que fue jueves*.

Olvidar es necesario. Llegado cierto punto mejor dejar que las heridas se cierren. Pero no todo se puede olvidar, ni todo debe ser olvidado. Hay que tener mucho cuidado con esto. Entre el carroñero que entra en escena cuando las fieras se han marchado y el hombre que mira por la verdad existen diferencias notables. La primera y más evidente es que el esfuerzo de este último por impedir el olvido no responde a la sed de venganza, ni siquiera al deseo de hacer justicia, y mucho menos a la pretensión de sacar partido de ello, sino a la necesidad de honrar a los muertos y adoptar una postura ética acorde con el sufrimiento que padecieron. A un judío como Bassani, por ejemplo, tuvo sin duda que disgustarle la forma en que la sociedad italiana pretendió superar la mala conciencia. Difícilmente podía olvidar el celo que tantos y tantos compatriotas pusieron en el estricto cumplimiento de las disposiciones antisemitas del régimen. De Chirico recuerda en sus memorias a cierta maestra que nada más salir los decretos contra los hebreos «comenzó a hablar mal de los niños judíos que tenía en clase diciendo que no se lavaban nunca y que olían mal». Años después de concluida la guerra todavía perduraba la suspicacia. Y es lógico porque este tipo de actitudes serviles no desaparecen por arte de magia, sino que permanecen en estado de latencia hasta que algo las activa otra vez. Primo Levi, por ejemplo, no logró interesar a Einaudi en la publicación de *Se questo è un uomo* y tuvo que recurrir a una modesta editorial que no amortizó la inversión hasta su muerte, en 1987. Consciente del desagrado que producía a la sociedad italiana la literatura testimonial, en particular si recordaba el espinoso asunto judío, declaró en 1955 que obras como la suya hacían correr a los autores el peligro de ser «acusados de hacerse la víctima o de exhibición impúdica».

Con su perspicacia habitual, y sabiendo que a la larga los mismos que persiguieron a los judíos acabarían haciéndose pasar por sus mayores defensores, Bassani prefirió la ficción a las memorias. Sabía que la única forma de poner frente al espejo a una sociedad que había consentido por cobardía actuaciones ignominiosas de las que se avergonzaba y sobre las cuales no deseaba reflexionar era recurrir a la fantasía. Así surgió *Il romanzo di Ferrara*, seis títulos mal recibidos en su día (fueron considerados por los bien pensantes como estéticamente anacrónicos o ideológicamente deficientes), que conforman uno de los testimonios novelísticos más vigorosos que ha dado la literatura sobre la hipocresía, la bajeza moral, la banalidad y el fingimiento.

El papel de la novela

Bassani no pretendía contar los hechos sucedidos ni explicarlos. Para eso están los historiadores. Su propósito era recrear la atmósfera que habían respirado los italianos durante dos largas décadas de fascismo. Consciente de que este tardaría poco en ser considerado algo irreal, una pesadilla de la que todos celebrarían haber salido, estaba dispuesto a preservarlo al menos como literatura. La población debía saber cómo había actuado al consentir tal régimen; no solo arrepentirse de las consecuencias, sino darse cuenta de hasta qué punto nada de lo sucedido hubiera sido posible sin su colaboración. Para que la memoria no se perdiera, la prioridad era conservar literariamente el ambiente banal de la Italia de Mussolini. La cuestión era, como dice Leo Longanesi en *In piedi e seduti*, transmitir a las generaciones futuras «la petulancia del fascista tal o cual mientras bajaba, vestido de jerarca, del automóvil». Pero ¿de qué modo hacerlo?

En su época de estudiante en Bolonia, Bassani había frecuentado a figuras como Giorgio Morandi o Roberto Longhi, quienes, a pesar de participar en la revolución vanguardista, desconfiaban de aquellos que pretendían llegar demasiado lejos saltando fuera de lo que había sido durante la época moderna el escenario del arte y la literatura: la conciencia del individuo. Bassani estaba convencido de que solo permaneciendo apegado a ella podía contarse una historia. Su esfuerzo por recuperar la objetividad a través de la recreación del tiempo subjetivo nace de tal convicción. *El jardín de los Finzi-Contini,* su novela más conocida, ejemplifica su método a la perfección. El protagonista evoca su pasado y, para hacerlo creíble, muestra cómo fue franqueando uno a uno los obstáculos que le salían al paso, desde los muros del jardín de la casa de la protagonista hasta su alcoba. A dicho proceso, que es la peripecia misma de la obra, le corresponde un refinamiento paulatino de su memoria. Cuanto más gana esta en profundidad, más ajustada en su comprensión de los hechos y los motivos sobre los que descansan. Idealmente hablando, el curso de la narración solo podría detenerse en el momento de encontrarse con la vida misma, algo que, por supuesto, nunca ocurre. «El arte» —explica Bassani en una entrevista de 1980— «es lo contrario de la vida, exactamente lo contrario, aunque de alguna forma siente nostalgia de la vida, y necesita que haya nostalgia de la vida para ser arte de verdad».

El género novelístico, nacido con la modernidad, sacó los libros de las bibliotecas de monasterios y palacios y los puso a disposición de todo el mundo. El efecto que tuvo en la formación de la conciencia y la sensibilidad occidental fue enorme. El alma moderna –su humor, su visión de sí misma, sus sentimientos– es incomprensible sin la historia de la novela. A ella debemos en este orden acaso más que a la filosofía, la ciencia y la religión. El elitismo vanguardista, al separar el público culto del lector corriente, amenazaba con convertir de nuevo la literatura en una actividad minoritaria. Para Bassani se trata de una vía equivocada. El gusto por lo difícil, la tendencia órfica, el hermetismo, quizá puedan ser relevantes desde un punto de vista cultural o académico, pero el sentido de la novela no puede consistir en satisfacer las exigencias formales de unos cuantos exquisitos, sino en esforzarse por impedir que el resto sea aplastado por las verdades establecidas. Hay que luchar para que las masas no recaigan en el dogmatismo, ayudar a la gente a tomar distancia de la realidad sin prescindir de ella como hacen las religiones, las ideologías totalitarias y cualquier forma de pensamiento capaz de creer que el mundo es nuestra interpretación del mundo. Semejante convicción poética, opuesta a las tendencias en boga después de la guerra, le impulsó a usar sin tapujos las formas tradicionales y a pulir su estilo hasta convertirlo en una suerte de transparencia; dos decisiones que lo situaron, si tiene sentido hablar así al hablar de literatura, en la fila de los retrógrados.

Respetar las formas tradicionales no implica necesariamente comodidad. Bassani, en particular, huyó de las soluciones fáciles. Su objetivo era restituir la realidad mediante los recursos de la ficción. Esto difícilmente se logra si el narrador imposta la perspectiva intachable del heroico resistente antifascista. Por razones de credibilidad, el escritor debe ir más allá de la propia autobiografía, construyendo «un mundo donde la realidad cobre significado ideal y lo particular valor simbólico». Aunque no resulta nada fácil encontrar autores que, habiéndose comportado tan honorablemente durante la época fascista, se vanagloriaran menos de ello, Bassani omite cualquier referencia personal. Cuando le preguntaban por su actividad subversiva contra el régimen insistía en juzgarla una suerte que lo salvó de la angustia, no un sacrificio del que presumir. Su empeño en recordar que procedía de una familia judía acomodada que, al igual que muchas otras, no entendió qué era el fascismo y lo defendió hasta el último día, pone de manifiesto que su esfuerzo nada tiene que ver con las labores de maquillaje y autobombo a que nos han acostumbrado los intelectuales comprometidos. Hombre perspicaz, sabía que el totalitarismo no entiende de izquierda o derecha, y que oponerse a su despótico dominio solo es posible obrando con el arrojo de un héroe. Mitificar éticamente una resistencia condenada al fracaso que no cabe exigir a nadie porque los sistemas totalitarios se construyen para no ser reemplazados jamás (o son abatidos desde fuera o colapsan a causa de su propia incompetencia) constituye, a su juicio, una irresponsabilidad. Mejor que fingir un mundo de buenos y malos separados por sus ideas, prefería recrear la situación de exclusión de quienes simplemente soportan este tipo de regímenes, algo que sucedió bajo Hitler y Mussolini y seguía ocurriendo en zona soviética sin que los intelectuales comprometidos, que tan feroces e implacables se mostraban con los cadáveres del fascismo y el nazismo, sintieran la necesidad, y no digamos la obligación moral, de denunciarlo.

Naturalmente, esta actitud le acarreó muchas críticas. Cuando en 1956 publicó *Intramuros*, el primero de los textos que forman *La novela de Ferrara*, los sectores marxistas sostuvieron que se trataba del típico libro decadente que descuida la cuestión social. Sus personajes, víctimas del fascismo, no eran actores de la historia en el sentido que los ideólogos comunistas daban por bueno.

El marxismo, con su fe en la necesidad histórica y por tanto en la inexorabilidad del comunismo, estaba sirviendo entonces de coartada a los criminales que gobernaban el imperio soviético y disculpando su absoluto desprecio de la existencia individual. Obviamente, tampoco la élite vanguardista aplaudió la obra de Bassani, fruto de un concienzudo trabajo y no de una inspiración desbordante. Desde su refinado punto de vista resultaba demasiado modesta técnicamente. Claridad, precisión, apego a las bellas formas, eran cosas superadas, y no digamos ya su estrategia narrativa habitual: ir enfocando los asuntos como se enfoca un paisaje, con unos prismáticos que hay que graduar a medida que surgen los detalles. Que hubiera elegido como telón de fondo para sus relatos una ciudad de provincias sumida en una caliginosa inactividad fue además la excusa perfecta para estigmatizarlo como costumbrista y provinciano. La vanguardia, cuya relación con el régimen de Mussolini es de sobras conocida, deseaba huir a toda prisa del pretérito, superar la historia en vez de entenderla, y los autores comprometidos con la vida y fieles a la lengua antes que a los ideales estéticos representaban un escollo desagradable que había que sortear como fuera.

FERRARA Y LOS JUDÍOS

La comunidad judía vivía perfectamente integrada en la sociedad italiana desde la época de la unificación. Con una población de cuarenta y siete mil almas, la mitad de las cuales residía en Trieste, Milán y Roma (poco comparado con las ciento setenta mil que vivían en Viena), el antisemitismo era en Italia a principios del siglo XX algo anecdótico. El propio Mussolini había tenido una amante judía, Margarita Sarfatti, directora de la revista *Gerarchia*, y confió en varios hebreos para desempeñar cargos de responsabilidad en la policía. En 1937 las cosas comenzaron a cambiar.

Publicaciones adeptas al régimen emprendieron una campaña al estilo gobbelsiano. «¿Se consideran ellos hebreos en Italia o hebreos de Italia?», pregunta un articulista del *Popolo d'Italia*. Apenas un año después, coincidiendo con el brutal ataque organizado por los nazis en Alemania contra sinagogas y negocios judíos y con la publicación por parte de científicos italianos de un manifiesto en el que se mostraba su preocupación ante la posibilidad de que la raza aria estuviera degradándose, el gobierno fascista promulga un paquete de leyes de segregación racial que privan a los judíos de sus derechos ciudadanos. El papa Pío XI protestó oficialmente y, según la leyenda, el pueblo italiano se solidarizó con él y con las víctimas. No obstante, la mayoría hizo lo que en tales casos suele hacer la mayoría: mirar para otro lado.

Estancada en asuntos de heráldica y etiqueta, Ferrara llevaba tres siglos en su letargo y su reacción fue similar a la mayoría de las ciudades italianas (Venecia fue la gran excepción). Nadie recordó que allí vivía desde el siglo XIII una respetable comunidad hebraica y que hacía casi un siglo que las puertas del guetto habían sido derribadas, permitiendo a sus miembros instalarse donde quisieran. De la noche a la mañana todos se volvieron antisemitas. Los melifluos poetas locales, aferrados a las nieblas y silencios que han hecho de Ferrara el paraíso de la melancolía, fueron incapaces de comprender que el esplendor monumental de la ciudad, con las altas torres del castillo estense alzándose sobre el caserío, ocultaba algo siniestro. Intuiciones inquietantes como las que inspiraron a De Chirico mientras estuvo destinado en el cuartel de infantería durante la Gran Guerra no las tuvo ninguno. El célebre cuadro de la muchacha que juega sola con un aro en la plaza mientras se cierne sobre ella la sombra alargada de una estatua simboliza, en el lenguaje de la pintura metafísica, la posibilidad de que la tradición encierre algo perverso que puede caer en cualquier momento sobre los inocentes y aplastarlos. En

Una cittá di pianura (su primera novela, publicada en 1940 bajo el seudónimo de Giacomo Marchi), Bassani revela una sensibilidad muy próxima a la del pintor. La ciudad que describe es una ciudad mezquina, encerrada en los muros de la miseria moral, sin más alicientes que los de la hipocresía, expresada en la fácil convivencia entre salones burgueses y casas de tolerancia. Nada quedaba en ella de los fastos renacentistas de la época de Borso d'Este y mucho menos de la alegría desprejuiciada que representan los frescos del Palazzo Schifanoia, expoliado como tantos otros edificios por la Iglesia en el largo período en que ejerció allí su dominio temporal.

Considerada desde la distancia, aquella vida monótona y provinciana de su adolescencia no había sido en absoluto mala. Las cosas cambiaron radicalmente debido a la segregación racial. El escritor se vio obligado a dejarlo todo, empezando por su novia católica, con la que ahora era impensable casarse. Desde la biblioteca al club de tenis, toda las puertas se le cerraron. Excluido como un leproso de la vida social, la sensación de ser un intruso –no un extranjero, sino alguien que pertenece a una comunidad que lo rechaza– lo golpeó fuertemente. Su literatura se alimentará luego de este sentimiento. La dificultad de reconocerse en una identidad socialmente cuestionada está presente en la totalidad de sus novelas, incluidas aquellas que no abordan específicamente la cuestión judía (*Las gafas de oro*, en la que un próspero oftalmólogo sufre el ostracismo de la burguesía ferrarense cuando salta la noticia de que es homosexual; *Detrás de la puerta*, centrada en las preocupaciones de un muchacho que anhela ganar la aprobación de sus compañeros de colegio; o *La Garza*, una novela en la que la reflexión sobre la identidad alcanza la condición del animal, con quien Bassani compara en un renglón a los hebreos, a quienes a partir de cierto momento se trata como alimañas a las que hay que eliminar de la sociedad y la naturaleza).

Su respuesta personal a la marginación fue, como sabemos, la clandestinidad. El antifascismo, fuente de conflictos con el padre, se convierte a partir de ese momento en acción. Gracias a ello salvará la vida. Detenido en una redada en Roma, tiene la suerte de no estar en Ferrara cuando varios de sus camaradas caen fusilados frente al castillo. La historia la cuenta en *Una noche de 1943*, el último relato de *Intramuros*. La buena suerte quiso también que, al ser depuesto Mussolini ese año, fuera liberado y permaneciera en la capital, evitando el destino de sus paisanos y familiares judíos. Al saber qué les ocurrió a estos, el aprecio que pudiera albergar hacia los ferrarenses desapareció por completo. La indiferencia que sus vecinos habían mostrado ante el sufrimiento de los hebreos era imperdonable. Uno de sus mejores poemas, «Los ex-fascistas de Ferrara», inmortaliza esa rabia. «Muerto para mi ciudad» es la fórmula que repite, comparando la época feliz que precedió al desastre con aquella otra en que la ciudad, entregada al régimen, impidió sin mala conciencia «la vida de los otros».

Pero peor, mucho peor todavía, fue la hipocresía con que se actuó tras la guerra. Si algo repugnaba a Bassani era la ostentación de la virtud, una de las peculiaridades de la sociedad de masas, inventora del lenguaje políticamente correcto. Los nazis fueron en esto, como en tantas otras cosas, los precursores. Recuérdense sus apelaciones a la idea de pureza para denigrar a los judíos. La beatería no consiste solo en rezar padrenuestros y mostrar lo excelentes que somos a ojos de Dios comparados con los pecadores que desoyen sus preceptos; existen modalidades laicas, por decirlo así. «Una lápida en Via Mazzini» (el tercero de los cinco relatos que conforman *Intramuros*) trata de ello. Geo Josz, único superviviente de los ciento treinta y tres judíos ferrarenses deportados, regresa a la ciudad justo cuando se está colocando una placa en recuerdo de los desaparecidos. Entre los nombres figura el suyo. Josz ha engordado —algo raro teniendo en cuenta de donde viene– y su reaparición sorprende y disgusta a todos. Los vecinos anhelan iniciar una época nueva, democrática y fraternal, pero la inesperada vuelta de un superviviente de los campos de exterminio rompe sus planes. Una cosa es la memoria monumental y otra la memoria viva, máxime cuando el recién llegado insiste en recordar a todas horas los horrores padecidos. Si la lápida puesta a toda prisa atenuaba el sentido de culpa de la comunidad y permitía el olvido, su embarazosa presencia viene a impedirlo. El dolor ajeno es soportable siempre que no se tenga demasiado cerca. Para mayor desconcierto, Josz comienza a perder peso. ¿Acaso Ferrara es un campo de concentración? Se diría que como la población no hace nada con su propia culpa, él agudiza los esfuerzos para ser tomado en cuenta. Los ferrarenses reaccionan extrañándose de sus lamentos, como si nada supieran del fascismo con el que habían colaborado, ni de los judíos. «*Ma che cosa erano, finalmente, questi ebrei?*» –preguntan. Cuanto más pretende él recordar su historia menos interés despierta. La gente de Ferrara quiere vivir como si nada hubiera pasado; Josz, en cambio, insiste en abrir una distancia que solo será salvada en el relato cuando golpee en la calle a un viejo jerarca fascista, su delator.

Bassani tiene claro que la conciencia no se inventa («si la hay, la hay, si no la hay, uno no puede dársela») y por eso se esfuerza en despertarla, aunque intuye que la única forma de hacerlo es a la fuerza. Los europeos son directamente responsables de una de las experiencias más terribles que la humanidad haya vivido nunca, y la obligación del intelectual es que no se olvide, algo que estaba pasando no solo en la amnésica Italia. La historia del judío que vuelve a casa y pone en aprietos a sus vecinos ocurrió de hecho varias veces. Judt menciona en el epílogo de *Postguerra* el caso de un deportado francés que reclamó en abril de 1945 su piso del distrito cuatro de París y la manifestación que cientos de personas organizaron a las puertas del mismo rechazando tal pretensión al grito de *La France aux français!*

No estaríamos hablando aquí de Giorgio Bassani si la manera en que asume su responsabilidad como testigo de la hipocresía social no fuera también relevante desde un punto de vista poético. El reproche que le hicieron en su día de insuficiencia política y cobardía estética revela que los críticos no comprendieron la profundidad de su proyecto narrativo ni la sutileza de su estilo. No hablar directamente de los fascistas, de las leyes raciales o los hornos crematorios no es un error, o en todo caso es un error similar al que cometió Picasso en el Guernica al no incluir, como querían las autoridades republicanas que le encargaron la obra, algún obrero musculoso con un fusil en las manos. La alusión y el rodeo son más eficaces que el subrayado y resultan indispensables cuando el autor quiere que el narrador sea visto como parte de los hechos que se relatan, aunque se ignore de qué lado está. Para Bassani esta reticente neutralidad es importante porque su objetivo supremo es acercar al lector al espejo de su propia conciencia. La retórica de vanguardia y el discurso ideológico son, en ese sentido, igual de inoperantes. Y ello a sabiendas de que nos movemos en el horizonte de la ficción, un horizonte que no está reñido con la verdad, sino todo lo contrario.

Quizá la mejor manera de entenderlo sea recordar el famoso pudor de Bassani, causa –a juicio de los críticos marxistas– de su ineptitud para extraer las consecuencias políticas de la decadente vida burguesa a la que, según Pasolini, estaba emocionalmente apegado. También los representantes de la vanguardia se rieron de esto. Cuando apareció *El jardín de los Finzi-Contini* algunos dijeron que el autor había arruinado la potencialidad erótica de la obra al omitir cualquier detalle sobre la posible relación sexual entre los protagonistas. Los críticos fueron incapaces de comprender que si Bassani trataba a sus personajes con delicadeza era porque pretendía presentarlos como personas reales que merecen respeto. Las intimidades trascienden en las memorias, donde suelen abundar las falsedades, y constituyen a menudo un recurso en las obras de ficción, pero rara vez lo hacen en la vida real, más pudorosa. Tal interés por ajustarse incluso en la ficción a la verdad fue el motivo por el que rechazó también la versión cinematográfica de la novela. Pese al reconocimiento de Hollywood, la película la desvirtuaba, convirtiendo la historia en algo sentimental. La introducción de detalles falsos –por ejemplo, la caza de un judío, algo que no sucedió en Italia antes de 1943– le molestó más que las mutilaciones y añadidos. Decisiones caprichosas como esa destruían la pretensión de objetividad del texto. El cine, apuntó Bassani en un duro artículo de principios de los setenta, «El jardín traicionado», ha contribuido a divulgar el horror del nazismo a costa de falsificarlo y trivializarlo.

Podemos concluir aquí. Bassani es un autor que se lee fácilmente. Aunque era consciente de que la novela había perdido la posición predominante de que gozó durante la época moderna y que esa pérdida guarda relación con la pérdida de sustancia de la conciencia individual, escribió para un lector ilustrado. No era el destino de la novela lo que le interesaba, sino el del ser humano.

Milan Kundera y el humor

Un país desventurado

En Europa no hay territorio, pueblo o Estado que no haya sido en otro momento de la historia algo distinto de lo que hoy es. La virginidad histórica, sueño romántico del nacionalismo, es un mito tan infundado como la idea, muy extendida en los regímenes democráticos actuales, de que se ha alcanzado una situación política definitiva que debe salvaguardarse cueste lo que cueste. Lo definitivo no tiene lugar en la historia. Realidades destinadas aparentemente a una larga duración caen de golpe y desaparecen. Entre los detritus del pretérito, mezclados con las ruinas de ciudades y templos, hay decenas de invencibles imperios. Y no es algo que aconteciera solamente en otros tiempos. Nosotros mismos hemos sido testigos del desmoronamiento de la URSS –«cuatro palabras, cuatro mentiras», escribió alguien poco antes de la caída–, un cataclismo que pilló por sorpresa a casi todo el mundo.

Entre esas regiones que fueron multitud de cosas antes de ser lo que ahora son se encuentra Chequia, la vieja Bohemia. Integrada a lo largo de los siglos en conglomerados políticos variopintos, su paso a la condición de república soberana se remonta a hace un siglo, tras la Gran Guerra y el fin del imperio austrohúngaro. La independencia adquirida entonces no la libró, sin embargo, de ser invadida después en diversas ocasiones. Estar en el centro de Europa, entre colosos con ansias expansivas, no es evidentemente lo mejor que le puede suceder a un pequeño país.

La primera de esas invasiones vino del oeste. Hitler convenció a sus seguidores de que era imprescindible para la supervivencia de Alemania ampliar las fronteras del Estado y, como es natural, comenzó por lo más próximo. Un nombre salta a la memoria cuando se evoca aquel episodio, Reinhard Heydrich, «el carnicero de Praga». Nombrado en 1941 Reichsprotektor de Bohemia y Moravia, su misión era germanizar la república. Con ese objetivo se propuso eliminar a los judíos, escoger entre «la basura checa» a los futuros alemanes y poner al resto de la población a trabajar como siervos del Reich de los mil años. Unos terroristas caídos del cielo y su temeridad de superhombre nietzscheano evitaron que alcanzara su propósito.

La segunda invasión vino del este. El deseo de oxigenar el régimen comunista impuesto al concluir la Segunda Guerra Mundial provocó las célebres manifestaciones de la primavera de 1968 y, con ellas, el despliegue de los tanques del Pacto de Varsovia. La liquidación de la cultura checa dejó de ser entonces una posibilidad para transformarse en programa político gracias al presidente impuesto por las autoridades rusas, Gustav Husak, también llamado a causa de la masacre cultural llevada a cabo durante su oscuro mandato «el presidente del olvido». El precio por intentar escapar del telón de acero, eufemismo tras el cual se extendía el inmenso campo de concentración soviético, fueron veinte años más de estalinismo sin Stalin y la desmoralizadora impresión para los checos de que agonizaban como pueblo.

Entre quienes asistieron en la entonces Checoslovaquia al esfuerzo comunista por borrar cualquier rastro de cultura que estorbara los planes del Partido estaba el mayor escritor checo de la segunda mitad del siglo xx, Milan Kundera. Como partidario de las reformas, fue una suerte que en vez de ser confinado en un hospital psiquiátrico o un campo de trabajo le permitieran ganarse la vida ejerciendo como albañil y tocando el piano en un club. El régimen, pese a su extraordinaria dureza, se estaba reblandeciendo. Pocos años antes, en la URSS, bastaba con elogiar una pintura impresionista para ser acusado de calumniar al socialismo y por consiguiente de traición. Puesto que un decreto de 1934 extendía la culpa de los traidores a sus familias, incluidos los niños mayores de 12 años, edad a partir de la cual podía ser aplicada la pena capital, verse obligado a cambiar de profesión no era desde luego el peor castigo para un disidente. Los individuos habían dejado de ser el objetivo prioritario del nuevo gobierno, interesado ahora, de acuerdo con las directrices del comunismo internacional (eufemismo para no decir el Comité Central ruso) era destruir su conciencia como pueblo. Había que separar a la población checa de sus raíces históricas a fin de hacerla permeable a las quiméricas promesas del Partido. Lo que sucedió en aquellas dos décadas –y lo que sucedió fue una espantosa mezcla de terror y connivencia– confirmó algo que ya había comprendido con claridad el marqués de Vauvenargues cuando escribió que «la esclavitud humilla tanto a la gente que esta termina por amarla».

Consciente de que su vida en la patria era en esas condiciones imposible, Kundera prefirió marcharse. Más que la prohibición de publicar –las autoridades habían retirado ya sus libros de librerías y bibliotecas–, fue la deliberada aniquilación de la cultura checa por parte del Estado lo que le decidió a hacerlo. En 1979, cuatro años después de instalarse en Francia, perdió también la nacionalidad. El gobierno checo no quería tener nada que ver con un escritor opuesto a sus ideales. Luego, para compensar su éxito internacional, se le organizó una campaña de descrédito similar a la que han sufrido todas las personas de relieve que han osado cuestionar las bondades de la dictadura del proletariado. Los ecos de esa campaña todavía resuenan gracias a los descendientes de los «intelectuales comprometidos», especializados ahora en los discursos identitarios, la corrección política y otros sucedáneos de la revolución bajos en calorías.

La experiencia del exilio ayudó a Kundera a verse como un escritor europeo y no solo checo. Europa, a fin de cuentas, es algo más que un arcaico mosaico de territorios separados por costumbres y lenguas diversas; es una cultura unida por la historia. Esa unidad se remonta al Imperio Romano y sobrevivió espiritualmente a la fragmentación política durante la Edad Media gracias al predominio de la Iglesia. La ruptura, ruptura que afectó a todos de algún modo, se produjo con el advenimiento de la modernidad, cuando el individuo pasó a ocupar el lugar que hasta entonces había ocupado Dios. Destruida la unanimidad de la fe, perdidas las certezas religiosas, los europeos empezaron a sentir la existencia como algo problemático. Esta experiencia tuvo importantes consecuencias en todos los órdenes de la vida, incluidas las artes y la literatura, las cuales evolucionarían de forma sorprendente hasta convertirse en una actividad individual que expresa, como escribió Kundera, una «originalidad personal irremplazable». Fue en este contexto donde apareció la novela moderna, cuyo crucial papel histórico reivindica el autor checo en cuatro volúmenes de ensayo: *El arte de la novela*, *Los testamentos traicionados*, *El telón* y *Un encuentro*.

Aunque él mismo ha repetido a menudo que estos ensayos no responden a una voluntad teórica, sino que son las reflexiones más o menos casuales de un novelista que ha tropezado reiteradamente con ciertos problemas teóricos inexcusables, nadie puede negar que encierran una original y clarividente interpretación del género. Por lo pronto, y a diferencia de quienes acostumbran a tratarlo como si fuera un reflejo de las corrientes filosóficas o morales imperantes, Kundera defiende la autonomía estética de la novela a la vez que subraya su condición de contrapeso a la prepotencia de las ideas típica de la modernidad. Si la filosofía, al menos en la línea hegeliano-marxista que terminaría por dominar la escena pública, se esforzaba por convertir las ideas en mitos capaces de encandilar a las masas, y la ciencia, al igual que la industria y el mercado vinculados a ella, se apartaba cada vez más de la experiencia humana personal, la novela fue dejando atrás el mundo del mito en el cual hundía sus raíces para concentrarse en la realidad presente, o lo que viene a ser igual, en el problema personal y cotidiano de la existencia humana. Identificar lo moderno solo con la ideología y la ciencia es una arbitrariedad que olvida lo que Occidente debe a don Quijote, a Tristan Shandy o Madame Bovary. ¿Acaso no debemos a estas y otras figuras novelescas una forma de comprender la vida, de sentir y relacionarnos? ¿No ha acreditado la novela, pese a las mil necrológicas a su costa, el vigor suficiente para cuestionar cada vez que ha sido menester la voluntad de quienes pretenden imponer una concepción monolítica de la verdad, justamente aquello contra lo que Occidente viene luchando desde hace siglos?

La novela tiene su propia e irrenunciable misión. Pensar que simplemente gravita alrededor de las ideas filosóficas, estéticas y morales de la sociedad es privarla de toda sustancia. Eso quizá sea lo que hacen los novelistas mediocres, desde luego no aquellos a los que el arte de la novela debe su perfección, desde Rabelais o Cervantes hasta Joyce o Kafka pasando por Balzac, Tolstoi o Proust. Las novelas de estos autores se caracterizan por examinar la existencia con la pretensión de volverla inteligible. No hay nada abstracto en ellas, su cometido es mirar y comprender lo real tal y como se nos ofrece en la vida cotidiana, aunque aprovechando los recursos de la ficción. Se trata, en definitiva y al decir de Hermann Broch, de «descubrir lo que solo una novela puede descubrir», algo que explica la ambigüedad de sus hallazgos y la imposibilidad de convertirlos en verdades ciclópeas como parecen desear quienes ven la sabiduría como una suerte de comodín universal con el que decantar a su favor cualquier apuesta. Al acabar la lectura de *Madame Bovary* no sabemos cuál es la opinión personal de Flaubert sobre la protagonista. ¿Es una mujer caprichosa o una mujer incapaz de resignarse a vivir la existencia gris que le ha tocado en suerte? El autor no lo dice. Tampoco está claro si Cervantes considera a don Quijote un lunático idealista o un hombre bueno extraviado en el laberinto de los sueños ideales. Pero nada de esto es demasiado importante. A fin de cuentas, los novelistas no ofrecen sus personajes a la consideración pública para que el lector los emule o los juzgue, sino para que los entienda. Verdad que los espíritus pragmáticos y la gente de convicciones morales rotundas se solivantan con tal indefinición, pero no hay que llevarse a engaño: el espacio de la novela es el espacio donde nadie es el poseedor de la verdad, pues todos en ese espacio tienen derecho a ser comprendidos.

El humor

Esa voluntad de comprensión de la vida característica de la novela moderna se sostiene en los dos factores esenciales que diferencian a la civilización occidental de otras civilizaciones: el amor y el humor, idealización y transgresión. Gracias al amor hemos aprendido a salir del yo y ver al otro como otro. Gracias al humor hemos evitado que el yo —y esto significa también el otro—, se convierta en algo rígido, una de esas identidades monolíticas cuya defensa a ultranza conduce al fanatismo. La novela cuenta desde su origen con ambas potencias, se alimenta de ellas. Por eso, al rememorar su nacimiento, Kundera menciona un proverbio judío en el que se habla de la limitación del hombre y la risa de Dios: «El hombre piensa, Dios ríe». Rabelais, dice, comenzó la primera novela moderna, *Gargantúa y Pantagruel*, el día que escuchó la risa de Dios. ¿La risa de Dios, acaso Dios ríe? ¿De qué iba a reírse

Dios? Kundera cree que sí, que Dios ríe, y que se ríe del hombre, y ello por tres motivos: porque a pesar de ser un ser que piensa, siempre se le escapa la verdad; porque, aunque cree saber qué es, nunca es lo que supone ser; y finalmente, porque la visión de las cosas que cada cual tiene se aparta inevitablemente de la de los demás, lo que significa que el hombre vive en una suerte de torre de Babel donde no hay forma de que llegue a reinar nunca el acuerdo. La risa divina que se burla de lo humano, o para ser más precisos, el eco de esa risa, fue lo que los primeros novelistas intentaron captar en el alba de la modernidad, un momento de la historia en el que todavía se consideraba irreverente creer que Dios ríe o que el hombre fracasa cuando piensa.

Los antiguos conocían la risa, la sátira, la burla, la comedia, pero no el humor. Este es un invento moderno, vinculado íntimamente con la novela. La comedia antigua explotó diversos aspectos de lo cómico, no el humor, que se caracteriza, como escribió Octavio Paz, por «convertir en ambiguo todo lo que toca». Se trata, por eso, de una actitud, un modo de afrontar la realidad que cuenta con la posibilidad de que esta sea de otra forma a como la pensamos, de que uno mismo sea también de otra forma. El humor nos hace descubrir que la realidad no es tan consistente como parece. Ideas, personas y cosas pierden su significado aparente si dejamos de mirarlas «seriamente». El efecto inmediato de la ambigüedad deliberada propia del humor es la suspensión del juicio moral, una suerte de escepticismo sutil que es la característica común a las novelas señeras de la tradición. Parece evidente entonces que la novela de verdad no se escribe para defender ciertos valores. Su objetivo es comprender, no juzgar. Dentro del horizonte imaginario de la acción no hace falta señalar si los personajes actúan de acuerdo con los principios éticos comúnmente aceptados por la opinión pública o no. «Suspender el juicio moral no es lo inmoral de la novela, es su *moral*», subraya Kundera. La creación de ese espacio imaginario no sujeto a principios previos es lo que permite el experimento narrativo de ver la vida evolucionando en libertad. Que ese experimento realizado sin interrupción desde que Rabelais firmó *Gargantúa y Pantagruel* ha tenido efectos positivos en la existencia de los occidentales es obvio para cualquiera familiarizado con su historia. ¿Acaso sabríamos qué significa ser individuo si no hubiera sido gracias a ello? ¿Qué mejor para entender la libertad que el afán por dar cabida y sentido a los actos de todo tipo de personas?

Ser novelista no es simplemente practicar un género literario: es una actitud, una posición frente la existencia que excluye toda identificación con una ideología, una moral, una religión. Por supuesto, el escritor tiene su propia concepción de las cosas, pero si no escapa de ella cuando escribe es difícil que pueda hacer una buena novela. Pensemos, por ejemplo, en todos esos autores que hicieron literatura comprometida tras contraer la enfermedad totalitaria: ¿qué ha quedado de ellos? Para Kundera esa no-identificación característica de la actitud del novelista no guarda la menor relación con la indiferencia, la evasión o la pasividad, sino que es una especie de resistencia, de desafío o rebeldía. Lamentablemente, frente a una tradición de novelistas que sonríen y dudan tenemos otra de predicadores y moralistas que fruncen el ceño y creen que la literatura solo es legítima si sirve a la moral, su moral. Pero supeditar los derechos de la ficción a las ideas, sean las ideas reveladas del hombre religioso o las del idealista que no cree que el individuo esté en condiciones de descubrir por sí solo las leyes que deben gobernar su voluntad, es un error, o mejor, un contrasentido, pues quien crea desde sí mismo, en el sentido moderno de la palabra, tarde o temprano acaba cuestionando los valores vigentes.

Los derechos de la ficción

El olvido de los derechos de la ficción representa una amenaza contra la novela (y el resto de las artes), pero también contra algunos de los logros de la modernidad que la hizo posible. Tal amenaza se incrementa exponencialmente cuanto mayor es el poder de sus enemigos. Estos son, según Kundera, principalmente tres: la pérdida del sentido del humor; la necedad ligada a la información, la especialización y el imperio de las ideas preconcebidas; y el *kitsch*, es decir, la complacencia en el engaño embellecedor, el gusto por lo falso.

Si hasta el siglo XX Occidente fue el espacio donde el individuo era posible porque lo eran también el humor, la ironía y la autenticidad, hoy todo eso parece haberse vuelto problemático y difícil. La tibia reacción frente a la fetua contra Salman Rushdie por *Los versos satánicos* es buen ejemplo. Kundera observa que lo significativo de aquel lamentable episodio no fue que la novela fuera tratada por Jomeini como un manifiesto, sino que se hiciera lo mismo en Occidente. Aunque nadie ignoraba que el ayatolá no era la persona más adecuada para penetrar en el verdadero significado de la novela, no se cuestionó su interpretación sino su veredicto. Pocos advirtieron que la ausencia de sentido del humor, algo perfectamente congruente con la seriedad de la fe, le incapacitaba para realizar una exégesis adecuada del texto. ¿Cómo va a comprender algo quien no distingue la realidad de la ficción? Pero no ha sido este el único caso en que una novela desata la cólera de los inquisidores. Philip Roth se vio obligado a defender su derecho a fabular sin atar a sus personajes a los prejuicios de los lectores judíos que le reprochaban la irreverencia con que abordaba la fe de sus antepasados, y Kundera lleva años sufriendo las críticas de los cazadores de brujas del feminismo que le reprochan el supuesto trato despectivo hacia los personajes femeninos de sus novelas o su presunta misoginia. Desdichadamente, Roth y Kundera son solo dos nombres en una larga lista de escritores denunciados por la policía ideológica.

La carencia de sentido del humor y la necedad suelen ser fenómenos concurrentes en el mundo moderno, donde la necedad guarda menos relación con la ignorancia que con el imperio de las ideas preconcebidas o la especialización. Recuérdense los análisis de Ortega en *La rebelión de las masas* o aquella famosa frase de un personaje de Musil en *El hombre sin atributos:* «Las máquinas son cada vez más complejas; los cerebros cada vez más simples». Flaubert, a quien remite Kundera como autoridad suprema en la materia, pensaba que la confianza ilustrada en el poder del progreso para acabar con la necedad carece de justificación. La necedad no mengua con el progreso, progresa con él. Basta con conocer de qué modo ha prosperado la imbecilidad ideológica en el último siglo. El gremio de los intelectuales comprometidos ha demostrado hasta la extenuación que el problema no está en la falta de inteligencia o información, sino en la ofuscación mental que impide contrastar las propias ideas con la realidad. Sus descendientes aún creen que la posesión del bien, santo grial de la demagogia lírica de todos los tiempos, constituye un estado de gracia que autoriza a dirigir los destinos del mundo. Es lo mismo que en un contexto menos ambicioso pensaba Monsieur Bovary cuando, animado por Homais, con quien comparte la pasión filantrópica, resuelve operar al patizambo Hipólito, intervención complicada que sobrepasa sus competencias médicas y termina con la amputación de la pierna del muchacho. Por hacer el bien, ha hecho el mal. Esto sucede con frecuencia. El necio confunde las buenas ideas, los buenos sentimientos, los buenos deseos, con el buen juicio. *Bouvard y Pecuchet*, la última novela de Flaubert, desarrolla esta idea hasta extremos desternillantes. Pero ni mucho menos fue Flaubert el primero. Traigamos a la memoria el célebre episodio de los galeotes del Quijote. En cuanto este los libera de sus cadenas aquellos no dudan en dar una paliza a su bienhechor. El siglo XX ha proporcionado montones de ejemplos parecidos, aunque la mayoría no proceden del mundo de la ficción, sino de la propia realidad. Los crímenes de los ideócratas soviéticos en nombre de la revolución son el caso clásico: millones de personas sacrificadas por el poder hipnótico de una idea. Curiosamente, y esto prueba lo necia que puede llegar a ser la necedad, hay todavía quien, hechizado por la magia del pensamiento utópico, mira hacia otro lado y, convencido de su perfección moral, prefiere ignorar que un día sirvió como bello pretexto para aplastar a pueblos enteros.

El predominio de lo sentimental sobre el buen juicio guarda relación asimismo con otro de los enemigos de la modernidad: el *kitsch*. La creencia de que el corazón está más capacitado para juzgar éticamente las acciones humanas que la razón nos ha llevado a una situación peligrosísima. La inteligencia emocional, que suele tener más de emocional que de inteligencia, trata de imponer y parece haber impuesto un terrorismo del corazón que da al traste con la pretensión de considerar los asuntos desapasionadamente. Los hechos cuentan mucho menos que las pasiones que suscitan y como estas son heterogéneas, la sociedad se ve abocada en muchos órdenes a una creciente confusión en la que el valor supremo es la emoción, la subjetividad en estado puro. El problema es que si hay de verdad algo en el mundo fácil de falsificar son los sentimientos, un fenómeno deplorable en el ámbito de la política que la tradición centroeuropea designa, cuando tiene que ver con el arte, con la palabra *kitsch*. Detrás de ella no solo está el mal gusto o la sensiblería, sino algo bastante peor, pues el gran problema del *kitsch* es que reduce a nada la obra de arte, volviéndola insignificante, desactivándola. Si al juzgar el trabajo del artista se impone el lugar común sentimental, todo eso que ahora se identifica, por ejemplo, con lo políticamente correcto, desaparece lo artístico de la obra de arte. El lector, el espectador, el público, solo está dispuesto a contemplar lo que le emociona o satisface moralmente. Más allá no está dispuesto a ir, aunque en ese más allá sea donde opera y presta servicio la obra de arte.

KUNDERA EN LA PICOTA

En toda sociedad imperan ciertos valores sobre los que descansa su moral. Esos valores son considerados fundamentales para su estabilidad. La tendencia es protegerlos como sea. Con la crisis de la Iglesia y el renacimiento de la filosofía en el siglo XVI, la relación con los valores cambió radicalmente en Europa. El pasado, considerado hasta ese momento fuente de toda ejemplaridad, perdió su prestigio a favor de lo nuevo. La confianza en el progreso hizo que se tolerara cada vez más la duda y en cierto modo, pues nada de lo dicho aconteció sin conflicto, la transgresión. El arte y la literatura, como actividades imaginativas, se beneficiaron de ello y disfrutaron de libertad creciente. Esto no significa que no estuvieran en el punto de mira de los guardianes de lo establecido. Siempre ha sido así. También actualmente: que los valores hegemónicos sean los de las masas y no los del clero o la burguesía acomodada no cambia nada. Beatería y fanatismo son la sombra de cualquier moral. Aunque ya nadie se escandaliza con los adulterios de madame Bovary, ponemos el grito en el cielo con otras cosas. Incapaces de aceptar que el hombre es hijo de su tiempo, tratamos a nuestros antepasados como si no fueran la escalera que nos ayudó a subir donde ahora estamos. Se ve que además del sentido histórico se ha perdido el sentido del humor, la capacidad para distanciarnos de nuestras creencias. El humor, que siempre fue el mejor antídoto contra la intolerancia, parece eclipsarse a la vez que prolifera una sospechosa hiperestesia moral, eso que hace que un ayatolá condene a muerte a un escritor o que docenas de actores declinen la invitación a participar en las películas de un director porque una mujer despechada vertió sobre él acusaciones jamás probadas acerca de su conducta sexual.

En un mundo sin humor, donde cualquier transgresión es juzgada sacrílega, la novela tiene notorias dificultades para existir. Si el esfuerzo por penetrar en las zonas oscuras de la conciencia de los personajes, aquellas donde no penetra la moral social, es castigado con la crítica o la censura, ¿de qué va a ocuparse el novelista? ¿Qué clase de relación con la realidad y la vida humana tendría una literatura que omitiese cualquier referencia a las cosas que disgustan a la opinión pública? ¿Adónde iría a parar el poder crítico de la novela si no cuestionara también los valores en que ella descansa? La obligación de permanecer donde quiere la moral convertiría la literatura en algo inane. Cuando se critica a un escritor por salirse del cauce por donde circula la sociedad a la que pertenece se está incurriendo en un torpe malentendido. El novelista que tiene algo que decir intenta siempre hacer visible aquello que solemos mantener oculto. Si se le exige que escriba solo acerca de lo que podemos aceptar socialmente es como si le pedimos al médico que explore al enfermo únicamente mientras no tropiece con ninguna enfermedad incurable. El espacio de la novela es el de la ficción. Por erróneas que sean las ideas u opiniones deslizadas en ella, jamás son fatales. Donde sí son fatales es en la realidad. Por eso produce consternación la seriedad con que a veces se critica una frase defendida por un personaje de ficción y la ligereza con que luego se disculpan horrores atroces cometidos por auténticos verdugos (evoquemos otra vez a esos críticos al estilo de Sartre que no veían nada reprochable en el terror estalinista y no dudaban, en cambio, en pedir la cabeza del escritor que se atreviera a reflejarlo en una novela).

Kundera lleva años siendo víctima de una persecución de esta naturaleza. Se le acusa de tratar a las mujeres en sus novelas como objetos. Aunque es una calumnia sin fundamento (que en sus novelas aparezcan personajes misóginos no lo convierte a él en misógino, igual que no lo llamaríamos «bueno» por haber concebido solo a personajes buenos), al final parece que ha acabado pasando aquello que denunciaba el refrán indio: «si un necio arroja una piedra a un pozo, ni tres sabios juntos conseguirán sacarla». De repente, un autor con una carrera irreprochable se convierte en lo que alguien calificó atinadamente de «culpable por acusación». Resulta ilustrativo, en este sentido, el artículo de 2015 de Jonathan Coe «How important is Milan Kundera today?» (en *The Guardian*, 22 de mayo). El escritor checo acababa de publicar tras un largo silencio *La fiesta de la insignificancia* y la reacción del público había sido más bien tibia. Coe parece conocer de antemano la razón y formula al inicio de su exposición una pregunta que arrancaría las carcajadas de Kafka: ¿habrá quedado fatalmente dañada la reputación de Kundera a causa de su incorrecta «descripción de las mujeres»? Para un amante de la literatura es desconcertante que se cuestione la importancia de un autor a causa de su descripción de las mujeres. ¿Cómo deberían ser descritas las mujeres? ¿Existe un canon, una versión oficial, una norma de obligado cumplimiento que sitúa al infractor fuera de la ley? Y sobre todo, ¿quién es el juez que decide si las mujeres han sido descritas como dios manda? Por otra parte, y suponiendo que Kundera haya descrito a las mujeres y no a algunas mujeres, ¿en qué afecta esa descripción, salvo que sea una descripción literariamente fallida, al valor estético de su producción? ¿Acaso una novela no crea un mundo que funciona con reglas propias? Pero incluso en el caso de que los críticos más biliosos estuvieran en lo cierto y Kundera fuera un misógino furibundo que escribe novelas: ¿limitaría realmente eso sus logros como escritor?

Coe cree que sí, aunque para justificarlo no presenta ningún argumento, sino que se limita a alegar unas cuantas frases sueltas de la primera página de *La fiesta de la insignificancia* (un hombre camina por París mientras reflexiona acerca de los ombligos de las mujeres jóvenes que pasan a su lado) y algunas otras expurgadas antes por una conocida activista feminista, Joan Smith. Smith sentenció en su libro *Misogynies* que «la hostilidad es el factor común en todos los escritos de Kundera acerca de las mujeres», y como las afirmaciones hechas en gracia feminista gozan por lo visto del privilegio de la infalibilidad, cuestionarlo sería como colocarse deliberadamente del lado del error. Por supuesto, Coe no puede negar que en las obras de Kundera encontramos personajes femeninos «tan bien desarrollados como sus hombres». Esta observación no le impide, sin embargo, volver a afirmar que es un misógino, un androcentrista. Así, cuando advierte que *La fiesta de la insignificancia* se abre con un tipo que hace comentarios sobre los ombligos de las chicas, no continúa leyendo. ¿Para qué? Es obvio que quien habla es Kundera. ¿Quién si no? Lo más triste es que si se hubiera tomado la molestia de avanzar habría visto que la obsesión del personaje por los ombligos no tiene nada que ver con las injusticias que deploran las feministas (y todo aquel que sin serlo deplora cualquier injusticia), sino con un acontecimiento que marcó su infancia: la madre lo abandonó, pero antes de despedirse de él lo besó en el ombligo. Ya lo dijo Freud: «a veces un puro es solo un puro».

Sacar de contexto frases de una novela como si fueran versículos del Corán y responsabilizar de ellas al autor, quien al parecer solo puede decir en todo momento la verdad sobre lo que cree, es ignorar lo más elemental: que una novela no expresa las ideas de quien la escribe, sino las de sus personajes, los cuales pueden pensar lo que les venga en gana, incluidas las cosas más abominables. Cuando un personaje de Kundera declara que «las mujeres no buscan hombres hermosos, sino hombres que han tenido mujeres hermosas, y que, por eso, tener una amante fea es un error fatal», quien habla no es el escritor. Puede que él mismo suscriba lo que ha escrito, pero el crítico no puede dar a esas palabras un valor confesional por la sencilla razón de que se trata de una obra de ficción.

Solo quien tiene una manera muy simple de ver la realidad puede creer que la realidad sea algo simple. Eso es lo que ocurre a los moralistas que degradan las novelas al leerlas como si fueran manifiestos o documentos. A ellos quizá les parezca justificado ese modo de proceder –la forma de proceder de Jomeini y los rabinos de Roth, de Hitler o el Comité Central del Partido Comunista, del Santo Oficio o el feminismo–, pero como crítica literaria no vale nada. Considerado moralmente todo arte es censurable. La afición de Picasso y Goya a los toros repugna a los animalistas, el vanguardismo de Stravinsky hizo que en Rusia se le tuviera por un ideólogo de la burguesía imperialista, Otto Dix tuvo que huir de Alemania acusado de ser un artista degenerado, el modo que tiene Kundera de hablar de algunas mujeres lo han convertido en un peligroso machista. Por la misma regla de tres podríamos censurar a Cervantes porque fue un funcionario corrupto incapaz de cuadrar sus cuentas o condenar a sor Juana Inés de la Cruz porque se aprovechó del tráfico de influencias para beneficiar al convento donde vivía. Exigir a los personajes de las novelas sentimientos y actitudes adecuadas según la moral vigente es una forma de despotismo aberrante. Se trata de un problema serio, agudizado actualmente gracias a la existencia de esos nuevos púlpitos que son las redes sociales, un problema que explica por qué Kundera piensa que Occidente (y Europa en particular) está perdiendo su esencia, la cual, hay que recordarlo, no tiene solo que ver con el amor (la solidaridad, la justicia social, la igualdad), sino también con el humor, pues el amor sin humor es, todo el mundo lo sabe, como un día sin noche.

ISMAÍL KADARÉ Y EL TOTALITARISMO

EL SUEÑO DE LA RAZÓN

Decía Ortega que solamente se puede ser revolucionario siendo incapaz de sentir la Historia. Pretender revocar el pasado para instaurar un orden social nuevo, obtenido deductivamente, es incompatible con la riqueza palpitante de la vida y su caleidoscópica variedad. Siempre que alguien intentó realizar el proyecto de someter la sociedad a una serie de verdades abstractas los resultados fueron aterradores. Intentando construir en la tierra un paraíso, surge tarde o temprano el infierno. No es que los hechos comiencen pronto a contar poco y la realidad se sustituya por el dogma y la mentira, es que los propios hombres pasan a ser tratados a la primera de cambio como entes sin sustancia. Los regímenes totalitarios que encarnaron durante el siglo pasado el sueño revolucionario prueban a qué espantosos desatinos conduce el afán de doblegar la realidad a las ideas. Gracias a ellos sabemos que el mal existe y que este es fruto del esfuerzo por organizar las cosas de forma que nada, ni siquiera las conciencias, quede fuera de su organización. El sueño de la razón produce monstruos, ya se sabe. Uno de estos monstruos fue la Albania comunista donde nació Ismaíl Kadaré.

Aunque la fama internacional del autor albanés esté ligada sobre todo a la crítica del régimen que condujo a su país a una situación política delirante, el verdadero asunto de sus escritos no es el sistema comunista de Hoxha ni tampoco el fenómeno totalitario, sino Albania, una nación cuya historia, ensombrecida por largos siglos de sometimiento, parece en gran medida fruto de una pesadilla. Haber dado voz a ese mundo demencial y malogrado, en el que mitos y usos ancestrales coexisten con prácticas vinculadas a los ideales de una modernidad trastornada que en vez de sacar al país de las tinieblas lo ha hundido todavía más en el oscurantismo, es seguramente su mayor mérito.

La historia de Albania constituye el marco y también el material fundamental de las narraciones de Kadaré. Una parte de ellas exploran la esencia originaria de la nación, costumbres y tradiciones conservadas hasta hace poco y que se remontan a la época de Homero. En otras, reflexiona sobre la Albania sometida al Imperio Otomano, un enorme estado burocrático, reglamentado exhaustivamente, que anticipa los usos totalitarios que son objeto de análisis en la tercera y última serie de novelas, ambientadas en la última centuria.

ALBANIA: UNA HISTORIA DE PESADILLA

Albania es una tierra mítica, uno de los lugares de Homero, y el pueblo albanés uno de los más antiguos de Europa, aunque también uno de los que más ha tardado en alcanzar su independencia. Descendiente de los ilirios, cuya llegada a los Balcanes se suele hacer coincidir aproximadamente con la de los dorios, cayó bajo el dominio de Roma en el siglo I a.C. y permaneció así, dentro del imperio bizantino, hasta el siglo XIII. La toma de Constantinopla por los ejércitos de la cuarta cruzada debilitó el poder imperial en la península y esto permitió cierta independencia relativa a sus habitantes. Debido a su fragmentación política y al orgullo suicida de sus nobles, Albania dejará de ser conocida por su viejo nombre latino, Arbanum o Albanum, para llamarse Shqipëria, «bandada de águilas».

En 1389, una coalición balcánica cristiana (serbios, albaneses, valacos, etcétera) trató de detener el avance otomano en la llanura de Kosovo. Su derrota fue inmortalizada en cantares de gesta serbios y albaneses, dos pueblos que se habían enfrentado antes en ese lugar y que volverán a hacerlo en el futuro. En 1448, los albaneses, conducidos por Scanderbeg, su gran héroe nacional, se sublevan. La mayoría son todavía católicos. Sin embargo, el largo y heroico esfuerzo de Scanderbeg por devolver Albania al seno de la Europa cristiana fracasa. En 1499 cae la última fortaleza albano-veneciana, Durres, y con ella la totalidad de los Balcanes. La población se ve obligada a renegar de nuevo de su religión para adherirse a la de los conquistadores. Aunque evita así corrientes migratorias que habrían afectado su integridad cultural, los cambios dejan un trauma indeleble en la conciencia de la nación.

Los albaneses, cuya lengua y costumbres son perseguidas, se convierten en el único pueblo europeo en el que la religión hegemónica es el islamismo. Las familias de la nobleza se dispersan por Occidente o se integran en la administración turca, donde poco a poco alcanzarán puestos del más alto nivel, sin que ello alivie la tiranía de los sultanes sobre su patria. Apoyada en la amarga idea de ser un país cautivo, la identidad nacional pervive en las inaccesibles montañas del norte. Esta situación dura sin grandes cambios hasta finales del siglo XIX. La crisis del Imperio Otomano da lugar entonces a un proceso de afirmación nacional en los pueblos balcánicos, aunque el Estado soberano de Albania no aparece hasta 1912 –y esto de forma deficiente, pues parte de su territorio, Kosovo, es entregado por las potencias europeas a Serbia–. La ausencia de un poder estable (Albania es una maraña de credos hostiles y clanes irreconciliables) sirve de pretexto a serbios y griegos para plantear la posibilidad, tras su triunfo sobre los turcos en la Primera Guerra Mundial, de desmembrarla y repartírsela. Las luchas internas no concluyen hasta 1925, con el ascenso de Ahmet Zogu, coronado rey tres años más tarde y depuesto en 1939 por Mussolini, cuando anexiona Albania al reino de Italia.

Concluida la Segunda Guerra Mundial y tras un nuevo período de guerra civil, Enver Hoxha proclama la República Popular. A las turbulencias de las tierras balcánicas y su secular infortunio se añade ahora la locura totalitaria. Cuanto no logró el vínculo con el mundo oriental, con su desdén hacia los valores individuales propios de Occidente, lo conseguirá Albania gracias a la revolución comunista de Hoxha, quien convirtió el país en un campo de concentración. Pero tampoco la transición a la democracia, en la década de los noventa, dará alas a las esperanzas de libertad tanto tiempo soñadas. Las tensiones entre partidos, el problema kosovar y la pobreza del país, generan un sin fin de conflictos. Un sentimiento de culpa parece corroer a los albaneses y para silenciarlo, dijo Kadaré, han dejado de interesarse por nada que no sea el dinero. Es significativo lo que escribió en una de sus narraciones de entonces: «lo primero que se construye en las ciudades recién liberadas es un bingo».

EL SUSTRATO MÍTICO

A pesar de su prolongada sujeción a poderes extranjeros, particularmente al de los sultanes, Albania logró salvar su identidad histórica. Ni el derecho romano, ni el bizantino o el turco erradicaron los códigos consuetudinarios imperantes desde tiempos remotos en los Balcanes. Tampoco desaparecieron la lengua, las tradiciones o la conciencia de la nación, recogida en cantares de gesta y en un riquísimo acervo de leyendas. Todo esto pervivió en condiciones insólitas, evolucionando raramente, como una planta sometida a condiciones extremas.

Kadaré ha sacado un gran partido a estos vestigios del pasado. Beneficiándose de ello ha podido desmantelar, por ejemplo, la tesis nietzscheana que enlaza el origen de la tragedia con los ritos dionisíacos, para conectarla con los ritos funerarios y nupciales de los pueblos balcánicos, intactos en su país hasta hace poco, o analizar el fenómeno de la transmisión oral de la poesía, un fósil cultural gracias al cual podemos reconstruir las condiciones en que fueron transmitidas las epopeyas homéricas hasta ser fijadas por escrito en la época de Pisístrato. El supuesto fundamental de todos estos estudios es la advertencia que ya hiciera Platón acerca del peligro de la escritura. Cuando las obras desembocan en un texto, se las condena a distanciarse cada vez más del lector. Estos cambian, ellas no. La poesía tradicional albanesa, por no haber existido fuera de cantos y fábulas populares, no ha sufrido ningún estancamiento y deja ver, gracias a ello, las claves de lo que pudieron ser los orígenes de la epopeya y el drama. Claro que no se trata solo de eso. Su riqueza es también fuente inagotable de temas. Muchos de los relatos de Kadaré recrean el legado legendario albanés, desde *El ciclo de los Paladines*, narración estremecedora donde se cuenta el origen de los albaneses, hasta la *Balada de la besa*[1] o la terrible leyenda que sirve de fondo a *El puente de los tres arcos*[2].

---

[1] La balada de la besa (promesa) cuenta la historia de Kostandini, quien prometió a su madre que buscaría a su única hermana, Dorontina, cuando la necesitara. Dorontina se había desposado con un extranjero y vivía lejos. Kostandini murió. Pero la palabra dada es más fuerte que la muerte y cuando la madre tiene necesidad de su hija, el muerto sale de su tumba y se la trae.

[2] En *El Puente de los tres arcos* Kadaré recrea la leyenda de tres hermanos albañiles que construían los muros de un castillo. De noche se les cae lo que levantan de día. Alguien les aconseja hacer un sacrificio propiciatorio. Deciden entonces emparedar a una de sus mujeres en los cimientos. Será la que traiga la comida al día siguiente. Por supuesto, no podrán comentarle nada a ellas. Los hermanos mayores violan la palabra dada y cuando la suegra de las tres mujeres va a decidir quién llevará la comida a sus hijos, fingen estar enfermas. Es la esposa del hermano menor la que lleva la comida y en consecuencia, la sacrificada. Un típico rasgo de la literatura de Kadaré es que los personajes no siempre se conforman con la leyenda y barajan otras posibilidades. ¿No desveló el hermano pequeño su secreto porque quería deshacerse de su mujer? ¿Fue la leyenda un

Mención aparte merece el *kanun*, código de honor que establece los principios morales de la vida albanesa. La palabra, aunque turca (*kanumi*, el legislador, es uno de los apelativos del Sultán, y *kanun* era también el nombre del «código civil» otomano) se remonta a la época grecolatina. La compilación más famosa, el *Kanun* de Lëk Dukagjini, obra de Shtjefen Gjeçov, contiene mil doscientos sesenta y tres artículos, y fue editada en 1933, cuatro años después de que muriera violentamente su autor. Hasta la Segunda Guerra Mundial fue el único código respetado en Albania. Se transmitía oralmente y contenía normas para todas las cosas y actividades, y en particular para la venganza de sangre, práctica característica de comunidades que, no reconociendo la legitimidad del poder, prescinden de estructuras jurídicas para regular sus conflictos. La venganza de sangre encarna una visión del derecho en la que este va de una parte a otra sin que en ningún momento sea posible remitirlo a una instancia superior. La justicia no existe, o mejor dicho, se supedita al honor. El resultado es un mundo extravagante que hace pensar en la época anterior al nacimiento del drama y la filosofía, cuando lo racional y lo irracional aún convivían en la esfera del mito.

¿Cuándo surgieron estas normas? No se sabe. Kadaré sospecha que se trata de reglas nacidas al margen del poder oficial debido a la situación periférica de Albania dentro de los diferentes imperios a los que perteneció. Las leyes de los conquistadores no lograron fijar nunca unos límites tan estables como los del *kanun*, el cual permaneció vigente hasta la monarquía, aunque en esta época perviviera solo en las montañas del norte. El problema es que el tiempo fue transcurriendo sin que se superara todo esto. Las reglas de la muerte han acabado condicionando las de la vida

---

pretexto inventado para ocultar su asesinato? ¿Sabía la esposa del pequeño lo que iba a ocurrir, pero prefirió la muerte a soportar a sus cuñadas?

igual que la cercanía de un astro de grandes dimensiones condiciona los movimientos de un pequeño planeta. Solo el sistema estalinista de Hoxha ha comprendido, según Kadaré, los viejos códigos y ha tratado de absorberlos en vez de confrontarse con ellos. No es extraño, desde luego, que los sistemas totalitarios hayan prendido con mayor facilidad en países acostumbrados a una larga opresión[3].

LAS VIEJAS ESTRUCTURAS DEL PODER

Pasemos ahora a considerar aquellas narraciones que tienen por objeto la historia albanesa bajo la dominación turca. En todas ellas –*El puente de los tres arcos*, *El firmán de la ceguera*, *El nicho de la vergüenza*, *El palacio de los sueños*– se juega con la idea de que los modernos estados totalitarios son variantes de las sangrientas estructuras de poder ensayadas por el Imperio Otomano. Aunque desde una perspectiva histórica tal hipótesis constituya indudablemente una exageración, los dos principios fundamentales sobre los que descansaba el poder osmanlí, sumisión y embrutecimiento, evidencian una proximidad más que casual al fenómeno totalitario. Se trata, en suma, del esfuerzo por abolir la libertad y no solo de restringirla, un deseo que no parece europeo sino asiático, en el sentido de abandono de la política y desdén hacia la persona singular. El súbdito se convierte en esclavo y el individuo, junto a sus valores, queda sometido a la fuerza del conjunto, encarnada en el Sultán, el caudillo o el Partido. Importa poco de dónde les

---

[3] En *Frías flores de Marzo* se cuenta que el *Libro de la Sangre*, donde se anotaban las deudas de sangre relacionadas con el *kanun*, desapareció en la Segunda Guerra Mundial. Entre las hipótesis que tratan de explicar lo sucedido está la de que la policía del Estado, lo requisó para aprovecharlo en sus oscuros asuntos. Tales asociaciones –la pervivencia de la leyenda siniestra en los archivos de la policía, llenos de expedientes personales– abundan en las novelas de Kadaré.

venga a estos su legitimidad –de la protección de la religión verdadera o del despliegue fáctico de la verdad histórica–, lo cierto es que tanto para unos como para otros la vida humana resulta ser algo superfluo.

La primera novela mencionada, *El puente de los tres arcos*, transcurre en 1377. Albania pertenece en esas fechas a varios príncipes vinculados con el imperio bizantino, el reino de Francia y la República de Venecia. Un puente destinado a salvar las aguas de un río turbulento suscita la disputa entre partidarios y enemigos de la construcción. Unos y otros interpretan de distinta forma ciertos presagios que acompañan a la obra: el ataque de un epiléptico, los cantos de los rapsodas sobre el furor del río, las palabras de un hechicero errante. La historia tiene un fondo político del que los protagonistas no son conscientes: el puente está destinado a unir dos mundos, dos épocas, el mundo en el que Albania era una nación libre y cristiana, y el mundo del imperio turco. Aunque aparentemente no haya en juego nada fundamental, lo cierto es que se trata de un hecho catastrófico, pues a partir de ese momento la nación va a quedar desgajada de Occidente, el único espacio histórico en el que se ha luchado abiertamente por la libertad. Esa misma incapacidad para ver de antemano lo que Albania y el resto de los pueblos balcánicos perdieron al sucumbir al empuje otomano impregna también los *Tres cantos fúnebres por Kosovo*, tres relatos que vuelven a indagar en el desconcierto de un pueblo que cuando dirige la vista atrás no puede dejar de advertir que, sin haber dejado de ser nunca él mismo, fue en otro tiempo algo muy diferente.

El firmán de la ceguera transcurre asimismo en el universo otomano, aunque los hechos podrían estar ocurriendo en cualquier lugar donde las personas se tapan los oídos para evitar ser acusados de haber escuchado algo que hubiera sido mejor no oír. Acontecimientos extraños, entre ellos la enfermedad del príncipe heredero o el vuelco del carruaje de un embajador, hacen sospechar a las autoridades que están siendo atacados por el mal de ojo. Al momento se adoptan medidas. El Estado, mostrando su renuncia a la severidad de antaño, ofrece a los poseedores de tan funesta capacidad la posibilidad de cegarse voluntariamente a cambio de una indemnización. Aquellos que desperdicien la invitación serán perseguidos y castigados. Tan pronto como entra en vigor el firmán aparecen voluntarios para sacarse los ojos. Pero ¿y los remisos? Nadie los conoce, pero las sospechas se extienden por todas partes y muchos, a fin de evitar ser acusados, se adelantan a sus acusadores y los delatan. La denuncia, igual que ocurrió en el régimen de Stalin, acaba convertida en un acto de lealtad, y como son innumerables los que se apresuran a dar prueba de ella, los funcionarios se ven obligados a endurecer las pesquisas. Los denunciados son detenidos junto con familiares y amigos. Ni siquiera los indiferentes se libran. Las sospechas llegan incluso al gran visir, que pierde el puesto y la cabeza. La maquinaria del Estado no se detiene, sin embargo, hasta que no caen bajo sus ruedas los ejecutores de la voluntad del sultán, a quienes se acusa de exceso de celo. De esta forma son borradas todas las huellas.

El mal de ojo puede parecer baladí como pretexto para una caza de brujas, pero incluso en su condición de recurso novelesco no lo es más que la conspiración mundial judía para los nacional-socialistas o el imperialismo capitalista para los bolcheviques. La propaganda convierte en real cualquier hipótesis, o mejor dicho, cualquier mentira. Una de las peculiaridades de los regímenes totalitarios es justamente que los hechos quedan disueltos en el discurso ideológico, y este se endurece de tal modo que a la larga resulta impermeable a la realidad. La omnisciente dominación totalitaria exige que todo sea interpretado desde un marco previo que se identifica con lo verdadero. Esta es una de las razones por las que, al caer cualquiera de estos regímenes, las personas sometidas a él suelan tener la sensación de haber vivido una pesadilla o de haber sufrido los efectos de un hechizo mágico.

Una de las mentiras típicas es la de la conspiración externa o interna que amenaza el desarrollo de la revolución y que, indirectamente, sirve para justificar sus fracasos. Sentirse amenazado es un medio de potenciar al grupo. Da igual si lo que unifica es la religión, la ideología o el pánico. Isaiah Berlin analizó este fenómeno en *La dialéctica artificial*. Allí se trata de Stalin, pero lo dicho vale también para Hoxha, su admirador. Su tesis es que una vez en marcha la revolución tarde o temprano alguien debe responder a la pregunta de por qué no se han alcanzado todavía las metas previstas. Para evitar que cunda la frustración, no queda otro remedio que hacer examen de conciencia, descubrir a los saboteadores, a los cómplices de las fuerzas de la reacción o simplemente a la gente que no pone el suficiente celo en el cumplimiento de sus obligaciones. Puesto que el activo más importante del comunismo son sus ideas y estas no pueden contener imperfección (las ideas utópicas pertenecen al orden supralunar de la razón, donde no cabe degradación ni cambio), la falta de resultados solo puede tener una explicación: aquellos que tenían el deber de materializarlas no han cumplido con él. Los procesos de autocrítica, las purgas y represalias sirven, pues, como medio para justificar el fracaso. Por supuesto, nadie cree que el castigo solucione los problemas, insolubles desde los supuestos de partida, pero se cuenta, por un lado, con el efecto positivo de la limpieza interna –a la fuerza dura, pues como sabía Jünger, los establos de Augias no pueden limpiarse con un plumero– y, por el otro, con el terror que va desencadenando la constatación de que la revolución es un monstruo insaciable al que nunca satisfacen las víctimas que se le sacrifican, por muchas que sean. Las purgas, nacidas como medio de control contra la corrupción burocrática, se convirtieron en herramienta coactiva cuyo pretexto era la revolución permanente y su verdadero objetivo la demostración fáctica de la superfluidad del individuo. Esto último explica que la purga no concluya hasta que los censores caen también en las garras del monstruo. La culpabilidad, extendida a toda la población, solo es borrada cuando son ajusticiados los verdugos. Descendiendo de las alturas igual que un *deus ex machina*, el líder fulmina incluso a sus colaboradores más cercanos y de esta manera restaura el orden de las cosas; un orden inestable, porque para la ideología revolucionaria lo esencial no son las estructuras del Estado, sino la dirección del movimiento.

El paralelismo entre el mundo otomano y el mundo totalitario se refleja también en otra novela de ambiente turco, *El nicho de la vergüenza*. El personaje que articula la historia es un verdugo del sultán encargado de ejecutar y transportar las cabezas de dos altos funcionarios, primero la de un bajá rebelde, antes gran visir, que intentó sublevar Albania contra el Estado, y después la del general que lo ha vencido, incapaz de hallar su tesoro. De lo que aquí se trata evidentemente es del poder y su distribución. El sultán, como Hoxha o Stalin, no es un simple tirano, sino un ser invisible y superior, separado del resto. Su existencia transcurre en un impenetrable misterio y aunque a su alrededor se tejen todo tipo de intrigas, ninguna de ellas sirve más que para fortalecerle. La posición del jefe en un sistema totalitario es muy segura porque el sistema depende directamente de él. Actuar en su nombre implica no poder equivocarse ni fracasar, y por eso ministros y funcionarios pagan sus errores con la muerte. Esta es la forma que tiene el líder de asumir la responsabilidad y escapar a cualquier crítica. Identificado con la verdad, que atesora en su condición de suprema autoridad religiosa o ideológica, el soberano está por encima de los hechos. Sus dictados resultan inevaluables, pues acierto y error son categorías cuya validez depende de circunstancias concretas, algo que nada tiene que ver con el caudillo, el cual obra, valga la expresión, ontológicamente. El presente es el ámbito de la realidad individual, pero no el de la revolución y mucho menos el de la persona que la encarna. El sultán, «la sombra de Alá en el tiempo», ve a las personas singulares como una masa indiferenciada, una vibrante termitera constituida por criaturas insignificantes que se afanan en cosas triviales, susceptible de ser pisoteada en cualquier momento.

La más célebre de las novelas de Kadaré ambientada en el contexto otomano es *El palacio de los sueños*. En ella aborda otro aspecto esencial del totalitarismo: el dominio de las conciencias. De nuevo el mundo turco opera como alegoría del sistema burocrático comunista. Mark-Alem, miembro de una aristocrática familia albanesa muy bien situada en la jerarquía imperial, ingresa como funcionario en una institución que se dedica al examen de los sueños de la población. Allí se recopilan, clasifican y estudian los sueños de los ciudadanos con el retórico propósito de adelantarse a cualquier intriga, aunque su verdadera misión es conocer los más secretos recovecos de sus conciencias, último paso en el esfuerzo por alcanzar el dominio total. El rápido ascenso de Mark-Alem desde un cargo menor hasta la cima de la organización le permite conocer los entresijos del Tabir Saraj, el Palacio de los Sueños, y de ese modo comprender el absurdo en que reposa la institución, su absoluta falsedad y el provecho que de ello obtiene el poder.

El palacio de los sueños es un trasunto de la sede central del Partido Comunista. Su característica principal es la impermeabilidad. Aquí no penetran influencias externas. Ni siquiera la realidad. Los sueños que se almacenan y estudian en la institución vienen de fuera, pero son analizados con los herméticos criterios de dentro. Se trata en teoría de vaticinar lo que va a suceder antes de que llegue a materializarse, pero en la práctica es el propio palacio quien desencadena los acontecimientos. La existencia de un órgano estatal cuyo cometido escapa al entendimiento y la voluntad de los ciudadanos prueba que nos hallamos ante la típica estructura totalitaria. Huelga aclarar que el hecho de que el inconsciente de las personas esté conectado con los mecanismos oficiales vuelve a estos últimos poderosos en grado sumo.

ALBANIA BAJO EL RÉGIMEN TOTALITARIO

La última serie de novelas de las que me ocupo están ambientadas en la Albania contemporánea. Kadaré escoge para desarrollar sus narraciones momentos decisivos de la historia del país, y de esa manera ofrece un fresco completo de lo ocurrido a lo largo del siglo XX. Hallamos relatos burlescos –*El año negro,* en el que candidato al trono del recién constituido Estado albanés sopesa las ventajas de circuncidarse para atraerse el favor de parte de la población, dividida en decenas de facciones irreconciliables–; de corte autobiográfico –*Crónica de Piedra* o *Cuestión de locura,* en los que un niño evoca las costumbres de Albania y su dramático destino durante la Segunda Guerra Mundial, ocupada varias veces por fuerzas extranjeras–; o de tono periodístico, como la reconquista de Tirana por los guerrilleros comunistas de Hoxha tras la derrota de las tropas del Reich, asunto de *Noviembre de una capital.* Aunque la calidad literaria de estas novelas es siempre muy alta, podemos prescindir de ellas a la hora de tratar el fenómeno totalitario. No así, en cambio, de otras expresamente consagradas al dominio comunista en Albania: *El ocaso de los dioses de la estepa, El concierto, Spiritus, La hija de Agamenón, El sucesor* o *El monstruo,* y algunos relatos cortos, como *El desprecio.*

Todas estas novelas parecen surgidas al hilo de los acontecimientos y componen una historia del régimen comunista albanés. El primer acto histórico de Hoxha, la toma de Tirana y la proclamación de la República Popular, inspira *Noviembre de una capital*. Kadaré relata los hechos al tiempo que deja en evidencia las verdaderas pretensiones del Partido Comunista, aún no suficientemente claras para la mayoría de sus simpatizantes. Creado por Enver Hoxha, Mehmet Shehu y otros veteranos de la guerra civil española, donde acudieron para luchar por las libertades que después suprimirían radicalmente en su tierra, el Partido encabezaba entonces un frente nacional constituido por diferentes sectores de la resistencia albanesa. Ayudados por Tito, de quien aprendieron la estrategia totalitaria de halagar a la población con apelaciones al sentido común, la protección de las libertades individuales y el respeto a los derechos de la nación, desencadenaron no más alcanzar el poder una cruel persecución tanto de sus enemigos como de sus viejos aliados, mucho de los cuales fueron condenados a vivir en campos de trabajo o en cárceles junto a sus familias. El terror deja desde el primer día de ser un arma contra el adversario para convertirse en el aire que se respira o que, mejor dicho, no se respira. La intención última de Hoxha y sus seguidores queda de hecho bien clara cuando, volviéndose contra su propio pueblo, presta apoyo incondicional a Tito en el brutal exterminio de los compatriotas albaneses que trataban de impedir la conversión de Kosovo en provincia serbia.

Nada más proclamada la República Popular, Hoxha se despoja del disfraz humanitario y dialogante que le había servido para alcanzar el poder y pone en marcha una política de liquidación de todo lo que pueda obstaculizar sus ideas inspirada en Stalin. La estalinización implica el reconocimiento de que el objetivo del Partido no es el bienestar de la población, sino la fabricación de la Humanidad. A este ideal, meta suprema de las leyes de la Historia, deben ser sacrificados los individuos y la nación. Ello dará lugar, en el interior, a una política de terror que destruye las relaciones entre las personas y de estas con la realidad, y en el exterior, a una política de un radicalismo sin precedentes que llevará a Albania al aislamiento internacional. A finales de la década de los cuarenta Hoxha rompe toda relación con Yugoslavia y en la década siguiente, al morir Stalin y desencadenarse en Moscú la crisis sucesoria que dará lugar a un período de desestalinización, con la Unión Soviética de Jrushov, a quien acusa de defender una visión equivocada del comunismo. Conforme a la costumbre implantada por Stalin, las rupturas se aprovechan para desencadenar las correspondientes purgas y extender el pánico en el país. El terror cumple así su propósito de impedir que las personas puedan buscar consuelo las unas en las otras. Kadaré, que se encuentra en Moscú cuando su país rompe con Rusia, es ya consciente de ello y lo relata, junto con su experiencia en el Instituto Gorky, en *El ocaso de los dioses de la estepa*.

La historia transcurre en una residencia de escritores a los que se ha forzado a abandonar sus lenguas maternas, sus mitos y hasta su propio espíritu. Mientras escriben de abedules y plácidas tardes de domingo, a su alrededor pasan cosas terribles de las que no pueden ocuparse. El realismo impuesto por el politburó exige desertar de la realidad. Ni una palabra acerca de las disputas por el poder, el funcionamiento de las instituciones o cualquier tema relacionado con ello. El contraste entre la voluntad creativa del escritor y ese mundo en el que vive dominado por el terror, un terror que ha pasado de ser un medio de intimidación para convertirse en atmósfera[4], tiene en el momento en que tienen lugar los hechos de la novela un ejemplo vivo bien conocido. Estamos en

---

[4] Esta atmósfera asfixiante es descrita magistralmente por Kadaré en *El monstruo*, una novela extraña en la que la reflexión sobre el mito del caballo de Troya sirve indirectamente para describir la desesperación de una nación sometida al terror político. El autor explota aquí una de sus ideas más queridas: la de que los mitos surgen de la realidad y luego escapan de ella para convertirse en modelos arquetípicos. Aunque las alusiones al régimen albanés son muy sutiles, las autoridades no dudaron en prohibirla tras su publicación, en 1965.

1958 y Pasternak gana el Nobel. Sin embargo, la feroz campaña desatada contra él y las graves amenazas de que es objeto le obligan a renunciar al galardón. Kadaré describe un sistema que no solo impide que los hombres lleguen a obrar concertadamente, sino que procura que pierdan su capacidad de acción y pensamiento. La crítica al realismo socialista, otra secuela del proyecto de dominación total comunista, le permite pensar con la profundidad y lucidez características de su estilo sobre las relaciones entre poder y literatura.

El totalitarismo es una forma de gobierno diferente de cualquier despotismo. Los fines metahistóricos sobre los que hace descansar su legitimidad no solo lo llevan a destruir las tradiciones de los pueblos que pone bajo su mando, sino que somete también a los individuos al más despiadado control. El principio de la superioridad de las ideas frente a la realidad hace que ejerza su gobierno sin tener en cuenta los valores pragmáticos que identificamos con el sentido común. Puesto que su fin no es satisfacer los intereses de las masas en las que se apoya ni de ningún grupo particular, las ideas de bienestar y utilidad, propias del mundo burgués, le parecen ruines. Es la naturaleza humana lo que hay que transformar, no sus condiciones de vida. Por eso el primer paso para el dominio total es la supresión de la espontaneidad. La organización se impone a la iniciativa particular, o mejor, la iniciativa particular pasa a ser competencia suya. El miedo a la libertad, inherente a la pretensión de definir las condiciones en que debe producirse la vida, conduce al estrangulamiento de cualquiera de sus manifestaciones, incluidas por descontado las artes. El objeto inmediato de la opresión totalitaria no es, en definitiva, la libertad, sino la vida. Hay que envilecer las almas, intimidar a los hombres para que se conviertan en siervos obedientes.

Esta condición devastada es la que hallamos en *El Concierto*, novela en la que Kadaré trata de la ruptura de Albania con China, país al que Hoxha se acercó después de romper con la URSS, y de los efectos de haber adoptado los procedimientos maoístas de la Revolución cultural. Como es sabido, Mao llevó a su extremo una de las características más singulares del régimen estalinista: su absoluto desdén hacia los resultados materiales de la gestión gubernativa. El hambre o la ruina se convierten en algo secundario frente a los principios ideológicos. Respetar el principio de igualdad es más importante que el eficiente funcionamiento de las instituciones o de la industria. Los dislates que se siguen de esto son tan grandes y tan incompatibles con la mentalidad occidental que Kadaré se vió obligado a trasladar los sucesos de que habla a la China de Mao. En el mundo oriental el alcance del poder siempre se ha puesto de manifiesto mediante la destrucción de lo que se posee.

De no ser porque los hechos narrados son sustancialmente verdaderos y porque la historia del comunismo, con independencia de la variedad de pueblos donde se haya implantado, es de una inquietante uniformidad, podríamos pensar que esta novela le fue inspirada a Kadaré por la lectura de *Los orígenes del totalitarismo* de Hannah Arendt. Los hechos narrados ilustran el proceso de dominación total, desde el primer paso (hacer que la persona pierda su personalidad jurídica, de suerte que cualquier desliz la coloque fuera de la ley), hasta el último, el más sórdido logro del totalitarismo, la organización del olvido que evita la aparición de mártires y logra la complicidad de las víctimas, que para no perjudicar a sus allegados están siempre dispuestas a la autoinculpación, la delación o el suicidio. Kadaré, como Arendt, sabe bien que el verdadero y último fin del sistema totalitario es destruir los lazos familiares, personales y sociales de los individuos de modo que la sociedad quede tan atomizada que no quepa resistencia al poder instituido.

La caída en desgracia es un suceso corriente en las sociedades totalitarias. Puede deberse a cualquier azar: tener una esposa bonita o haber sonreído el día de la muerte de Stalin. En *Spiritus*, una de las mejores novelas de Kadaré, se reconstruye una supuesta conspiración contra Hoxha cuyo origen no guarda relación con la política, sino con la distribución de unos micrófonos de vigilancia recién adquiridos por las autoridades. La distribución es arbitraria y depende del capricho de un funcionario, pero no el resultado: una tragedia que salpica a las víctimas inocentes, a los instigadores de la investigación y luego a sus superiores, hasta llegar al Politburó. Kadaré analiza la lógica interna de la mentalidad totalitaria dejando claro que para esta no constituye ninguna monstruosidad hacer pagar a alguien por hechos desvinculados de su acción. La prueba es que en los regímenes de esta naturaleza existen leyes contra los denominados «parásitos sociales». Cualquiera puede ser detenido o eliminado sin ser responsable de ningún acto delictivo, pues el delito social no se define en ninguna parte, sino que es un concepto vacío que se va rellenando con un contenido u otro conforme a los intereses de los gobernantes.

El capricho juega también un importante papel en los procesos de autocrítica que utilizaba el Partido para sacar a luz a los opositores y mantener a raya a correligionarios y servidores públicos. De todo ello se burla Kadaré en varios textos, sobre todo *La historia de la liga albanesa de escritores frente al espejo de una mujer*. La diferencia entre purga y sesión de autocrítica es sencilla: mientras que en la primera los culpables son conocidos antes que las culpas, en la segunda no se conoce la culpa ni a los culpables hasta que no se ha desarrollado el proceso. La autocrítica parte siempre de la consideración de un pequeño error. El problema es que ese error se convierte poco a poco en algo cada vez más grave. Las líneas que separan la ortodoxia de la heterodoxia se desplazan de forma inesperada y muchos son pillados por sorpresa. Estos procesos, dice Kadaré, son como terremotos: no hay lugar seguro, pues tampoco nada permanece en su sitio. El engranaje de la culpa colectiva tritura lentamente el sentido común de tal manera que, al indagar en la propia conciencia, todos acaban creyendo que obraron mal. El inocente no existe, ya que quedarse al margen o no saber nada son formas también punibles de no abordar los problemas. El resultado final es que los mismos implicados aportan pruebas que los involucran en el mal funcionamiento de las cosas. Declarándose responsables de actos delictivos que no realizaron justifican la actuación arbitraria del Partido, y de esta extraña manera salvan su propia consistencia personal.

En otra narración, *La hija de Agamenón*, el protagonista, amante de una hija del lugarteniente de Hoxha, es invitado a la tribuna de honor para asistir a la celebración del 1 de Mayo. Mientras camina hacia aquel lugar, ocupado por los jerarcas del partido, se angustia al pensar que el público que lo está viendo quizá esté preguntándose cuál es la razón de su importancia. ¿Atribuirán su privilegio a la participación en algún servicio inconfesable? En cierto momento, llega a dudar incluso de si no habrá puesto en marcha sin querer algún siniestro engranaje del sistema. Sus reflexiones le conducen entonces a la idea de que el ascenso en el Partido es fruto de un previo descenso a los infiernos. Este pensamiento le recuerda la historia de Qeros, el cual, tras precipitarse en el mundo subterráneo y vagar por él sin encontrar un acceso al mundo superior, tropezó con un pájaro gigantesco que se ofreció a sacarle de allí a condición de que durante el trayecto le suministrara la carne cruda que necesitaba para renovar sus fuerzas. Qeros hizo acopio de cuanto pudo y se encaramó en el pájaro. Este le pedía cada cierto tiempo un pedazo de carne, hasta que las reservas se le acabaron y entonces, temiendo que lo dejara caer en el abismo, cortó un trozo de su propio brazo y se lo dio a comer. Poco después fue un trozo de su pierna. La salida estaba lejos y cuando alcanzó la superficie, Qeros era solo un esqueleto.

La política totalitaria se caracteriza por el predominio de lo ideológico sobre la realidad. El instrumento por medio del cual la ideología trata de imponerse a la realidad es el terror, entendido como forma de gobierno. El terror se desencadena sin necesidad de que exista causa previa y sus víctimas pueden ser con premeditación inocentes. Para que el terror funcione es necesario en un primer momento la adhesión de la mayor parte de la población y luego su silencio. El silencio es fácil de conseguir porque el miedo, la cobardía y la propaganda suelen ser más convincentes que la voz de la conciencia. Bajo dichas condiciones cabe la pura arbitrariedad, eso que lleva a un régimen totalitario a la convicción de que, para él, todo es posible. En esta «arquitectura de pesadilla» el papel del líder es decisivo. Solo él permanece fuera del sistema. Esto explica la importancia que en los regímenes totalitarios adquiere el problema de la sucesión. «Desde el punto de vista totalitario» –escribe Arendt– «una regulación vinculante de la sucesión introduciría un elemento de estabilidad extraño e incluso contrario a las necesidades del "movimiento" y a su extremada flexibilidad. De existir una ley de sucesión, habría sido desde luego la única estable, inalterable, en toda la estructura, y por ello posiblemente un primer paso en dirección hacia algún tipo de legalidad». Sin embargo, hace falta un sucesor para el Guía que inevitablemente terminará conociendo los entresijos del Estado igual que él. Tal igualdad lo convierte de inmediato en rival, el único posible para aquel que permanece por encima del resto. El sucesor, o sea, el que viene después, recuerda a cada minuto al líder su propia finitud y, en cierto sentido, la del sistema. Se trata de algo particularmente difícil de asimilar para el cerebro de un tirano. Stalin atacó el problema a su manera demencial y sanguinaria. También el sucesor debe ser suprimido llegado el momento. «Sin hombre no hay problema», decía. Claro que en su caso no vale el clásico sistema de purgas y depuraciones: hay que recurrir al crimen, que la propaganda presentará siempre con algún disfraz tolerable, el suicidio o el accidente. Kadaré recurre a varios ejemplos de ello. Uno de los motivos narrativos de *El Concierto* es la muerte en circunstancias raras de Lin Biao, el segundo de Mao. El mismo tema aparece en *La hija de Agamenón* y *El sucesor*, aunque en estas novelas los protagonistas son Enver Hoxha y su compañero y lugarteniente Mehmet Shehu, quien aparece muerto una mañana de 1981, sin duda por instigación del dictador, quien a continuación purgó a sus familiares y simpatizantes. El hecho de que Hoxha escribiera con satisfacción en su obra sobre los titoístas que Shehu «fue enterrado como un perro» pone de manifiesto hasta que punto la ideología sirve para enmascarar cualquier acto criminal.

El poder y la literatura

Kadaré ha abordado desde todas sus caras el fenómeno totalitario y lo ha hecho en las peores condiciones posibles, las mismas terribles condiciones que describe. Sus textos son mucho más que una reflexión profunda sobre el terror y la mentira política. El compromiso de Kadaré con su tierra no le hace olvidar nunca su compromiso con la literatura. En su discurso en Oviedo, al recibir el premio Príncipe de Asturias, lo dijo con claridad: la literatura, como el resto de las artes, conforma un mundo paralelo, distinto del real, y por más que la realidad se obstine a veces en aplastarlo, ella se venga siempre peleando por hacerlo más bello y habitable. No es extraño, por eso, que el autor albanés se burle de las sofisticaciones estéticas de buena parte de la literatura actual, expresión de una desilusión absoluta que no comparte. En un relato corto, *Días de juerga*, expone las peripecias de dos jóvenes modernos, expertos en bebida y análisis psicológico, cuyas vidas transcurren como en una novela de hoy, o sea, al margen de todo objetivo. Y es que, en efecto, la vida de las novelas actuales da la impresión de ser una vida sin meta. Las cosas que se hacen son rutinas desprovistas de sentido. Hay, parece, demasiada conciencia para confiar en ella. El clima cotidiano es por eso de hastío. Si no fuera por los crímenes, misterios y encuentros sexuales esporádicos que adornan la acción, esta no tendría interés. Las narraciones de Kadaré son lo contrario. La vida resulta demasiado rica y exigente para detenerse a formular ciertas preguntas. Incluso cuando el horror político se instaura a nuestro alrededor, la libertad es siempre creativa y lo bastante poderosa como para abrir las puertas de un más allá. Haber mostrado dicha riqueza en un mundo que trataba de asfixiarla otorga a la literatura de Kadaré ese valor que solo poseen las grandes obras, aquellas cuyo sentido no depende absolutamente de su propio tiempo.

LEONARDO SCIASCIA Y LA MAFIA

UN POCO DE HISTORIA

Peppino Impastato murió el 9 de mayo de 1978. Tenía treinta años. Una carga explosiva colocada en el paso a nivel que cruzaba diariamente con su coche esparció fragmentos de su cuerpo por varios metros a la redonda. Probablemente estaba muerto cuando el automóvil saltó por los aires. Restos de sangre dentro de una cabaña próxima hacen pensar que antes fue torturado. Llevaba desaparecido tres días, bastantes menos que Aldo Moro, presidente de la Democracia Cristiana, asesinado también aquel 9 de mayo por las Brigadas Rojas. A Peppino lo mató la mafia. Durante años la combatió a cara descubierta. Cien pasos –así se titula el film que le dedicó Marco Tulio Giordano– separaban su casa de la de uno de los jefes de la organización. Su propio padre, al que aborrecía, pertenecía a ella. Pocos sicilianos han acreditado tanto valor. Únicamente por eso valdría la pena recordarlo aquí, aunque la razón para hacerlo ahora es que nadie ofreció nunca una definición más certera de la mafia. «La mafia» –dijo– «es una montaña de mierda».

Un siglo antes de que Impastato saltara por los aires, en la época en que Giovanni Verga escribió *Cavalleria rusticana*, la palabra «mafia» todavía no olía mal. En su uso más común, aludía simplemente a la forma de ser de los sicilianos y, más concretamente, a la de ciertos tipos capaces de tomarse la justicia por su mano. «Hombres de honor», se los llamaba también. Para los espíritus folclóricos, tan frecuentes en el siglo XIX, Sicilia era la tierra del amor propio. Por supuesto, la honorabilidad mafiosa (como el seny catalán o la testarudez calabresa) era solo una leyenda. Hoy pocos se engañan con esto. Atribuir los muertos aparecidos en Sicilia con un disparo en la cabeza o una puñalada en el corazón a tórridas venganzas pasionales no se le ocurriría ya más que a un extraterrestre. Cabe incluso la posibilidad de que hasta el mismo Verga ocultara bajo su operístico relato –una historia de adulterio, celos y venganza– algún suceso truculento que pasó inadvertido a los lectores del momento, un crimen ajeno a los embrollos eróticos que ocupan el primer plano de la narración. Los cuentos sicilianos que le dieron popularidad describen una región pobre y trágica en la que una minoría privilegiada oprime a la masa campesina y las relaciones, debido a la lejanía del poder, están sometidas a códigos arcaicos que recuerdan, por su obsesiva violencia, al kanum de los albaneses. Acostumbrados desde la antigüedad a ser invadidos por conquistadores que luego eran incapaces de controlar el territorio, los sicilianos habrían encontrado en esta clase de acciones el modo de zanjar sus querellas sin tener que recurrir a la aborrecida autoridad extranjera. La mentalidad mafiosa, que Lampedusa vinculó a «una terrificante insularitá d'ánimo», vendría a ser así, originariamente, un mecanismo de defensa que depredadores sin escrúpulos pusieron a su servicio a fin de apoderarse mediante la violencia de todos los resortes de la vida social.

La identificación de la mafia con una forma de ser, un código de honor nunca escrito, una manera de hacer justicia típica de una región donde el Estado nunca logró consolidar su fuerza, no fue accidental. Durante décadas sirvió de tapadera para encubrir las actividades delictivas de los propios mafiosos. La gente aceptaba tan de buen grado la explicación folklórica que hasta principios del siglo xx ni siquiera se sospechaba que se tratara de una organización criminal. Sus entresijos comenzaron a conocerse gracias al juez Falcone, asesinado en 1992. Un prestigioso investigador de la tradición siciliana, Giuseppe Pitre, murió en

1916 convencido de que mafioso es simplemente el individuo que «cuando recibe una ofensa no recurre a la ley, a la justicia, sino que se ocupa personalmente del asunto, y si no puede solo, busca el apoyo de otros de similares características». Según esta pintoresca visión, dominante hasta los años sesenta, la mafia estaría a medio camino entre la logia masónica y la hermandad católica. Claro que antes de convertirse en fenómeno visible, había logrado crear ya las dos circunstancias que la acompañan siempre: un clima de terror dominado por el silencio, la ostentosa ignorancia de los hechos y el rechazo a cualquier colaboración con las autoridades del Estado, y la infiltración en las instituciones públicas a fin de obstaculizar la acción de la justicia. La ineptitud de la policía, la duración de los procesos judiciales, la fragilidad de los testigos, la incuria de los jueces, la connivencia de los funcionarios penitenciarios, todas esas incómodas anomalías que suelen atribuirse a deficiencias de la burocracia o a la falta de responsabilidad de los servidores públicos, fueron en gran medida producto de su acción y permitieron aparentar durante mucho tiempo un respeto por la ley y el orden que, como tantas otras cosas en Italia, resultaba en el fondo una farsa.

Históricamente, el mayor enemigo de la mafia, el único que estuvo a punto de terminar con ella, fue el fascismo. Los Estados totalitarios incorporan sin dificultad a los mafiosos en sus estructuras, pero no pueden permitir la existencia de una organización paralela que llegue a cuestionarlas. Norman Lewis cuenta en *La honorable sociedad* una anécdota muy reveladora en este sentido. El protagonista es Mussolini, a quien el alcalde mafioso de un pequeño pueblo de Sicilia reprocha haber llevado escolta estando él allí para garantizarle protección. El Duce advierte inmediatamente que el poder del Estado resulta irrelevante en Sicilia y decide tomar cartas en el asunto. Nombra entonces prefecto de policía en la isla a Cesare Mori, un duro funcionario bragado paradójicamente en la lucha contra el fascismo. La aplicación de métodos expeditivos (desde la tortura hasta la violación de esposas e hijas de los sospechosos) arrojó frutos inmediatos. En poco tiempo, la ley de la *omertá* se resquebrajó y la mafia perdió su impunidad. Esto benefició a la población. Las condiciones de vida mejoraron. Mussolini llegó incluso a proclamar en 1927 su desaparición definitiva. Ignoraba que la influencia de la policía llegaba solamente hasta las puertas del partido. Cuando Mori quiso denunciar a algunas figuras destacadas fue relevado del cargo. Carlo Vizzini, uno de los principales capos de la época, aprovechó para rehacerse. Lucky Luciano, el mafioso americano, le prestó dinero para sobornar a influyentes políticos fascistas en Roma. Hay que tener en cuenta que estos no dudaban en acudir a ellos cuando les hacía falta. El propio Mussolini recurrió a la mafia para matar a un periodista de origen italiano que criticaba su régimen en los Estados Unidos. El papel de los mafiosos norteamericanos sería igualmente decisivo en el desenlace de la Segunda Guerra Mundial. Gracias a sus contactos, el ejército yanqui conquistó en una semana el oeste de Sicilia, mientras canadienses y británicos avanzaron con enorme dificultad por el este luchando encarnizadamente contra las tropas italianas y alemanas.

LITERATURA CONTRA MAFIA Y CORRUPCIÓN

El primer libro que puso cara a la mafia, *El día de la lechuza*, fue publicado en 1961. Su autor, Leonardo Sciascia, había nacido cuarenta años antes en una población próxima a Agrigento –«una tierra donde llaman *intelectual* a cualquiera que rellene el crucigrama en el casino»– y conocía de primera mano el problema. La ocasión no podía ser mejor. Si a finales de la década anterior todavía se cuestionaba la existencia de la organización (un ministro de la Democracia Cristiana reiteró la idea de que los frecuentes crímenes que ocurrían en Sicilia eran fruto de un «equivocado sentido del honor»), a principios de los sesenta resultaba prácticamente imposible seguir con la farsa. La guerra intestina de los clanes mafiosos, enemistados entre sí a causa del negocio de la droga, estaba cobrándose tantas víctimas que Palermo se comparó a Chicago, donde habían realizado una lucrativa, sangrienta y cinematográfica carrera delictiva no pocos sicilianos. Algo más tarde, en el verano del 63, tras la masacre de Ciaculli, en la que murieron varios policías y militares al intentar desactivar la bomba colocada en el automóvil de un jefe mafioso, tuvo lugar la primera reacción colectiva del pueblo italiano y su clase política. Las autoridades dictaron nuevas leyes penales contra la mafia y organizaron la comisión Antimafia, aunque esta tardó poco en mostrar su inutilidad debido a la división y falta de compromiso de las fuerzas políticas (en el gobierno de 1972, dos sospechosos de formar parte de la *cosa nostra* fueron nombrados ministro y subsecretario, y un poco después un conocido mafioso fue incorporado a la comisión).

La novela está ambientada en un pequeño pueblo donde acaba de ser asesinado un constructor. Del caso se ocupa un capitán de carabineros natural de Parma: hombre íntegro, defensor honrado de la ley, que encuentra a su alrededor un impenetrable muro de silencio que le impide progresar en sus pesquisas. De no ser porque al mismo tiempo una mujer denuncia la desaparición de su esposo y surge la sospecha de que el asesino sea el mismo del constructor, difícilmente habría logrado romper la red de complicidades existentes en la población. El capitán descubre poco a poco qué es la mafia, su falta de escrúpulos, su connivencia con el poder, la habilidad con la que se vuelve invisible ante la sociedad. En un mitin político celebrado en la plaza del pueblo, el candidato declara sin el menor rubor: «hasta ahora no he sido capaz de saber qué es la mafia, ni si existe; y puedo juraros, con perfecta conciencia de católico y ciudadano, que jamás conocí a un mafioso en mi vida». «¿Y esos que le acompañan?» –pregunta una voz anónima en medio de la multitud. Se escucha entonces una carcajada general, que revela hasta qué punto todo es una farsa. El mayor mérito de Sciascia es que, con los recursos del género policial, sofalda la realidad siciliana (una realidad extensible a Italia porque «toda Italia se está convirtiendo en Sicilia») mientras encuentra a los asesinos del constructor.

Cosa distinta es que el esfuerzo sirva de algo. El título del libro –extraído de un drama de Shakespeare donde se compara la aparición en pleno día de la lechuza con la del poderoso que no necesita obrar en secreto porque no teme a nadie– alude justamente a la omnipotencia de la mafia, omnipotencia que resulta evidente al final de la historia, cuando los responsables del crimen consiguen eludir sin dificultad la acción de la justicia. El protagonista, defraudado con la situación, piensa entonces que si no fuera por las limitaciones internas de la propia ley, la mafia podría ser erradicada. Son las garantías constitucionales la rendija por las que escapan las ratas, se dice a sí mismo, aunque al instante evoca los tiempos del prefecto Mori y sus excesos durante la etapa fascista (el primer libro de Sciascia, *Fábulas de la dictadura*, fue una crítica del fascismo), y aparta de su cabeza tales pensamientos. El escritor será criticado al final de su vida por su defensa radical de la ley (criticado curiosamente por quienes, en nombre de la ley, combatían a los criminales), pero para él la cuestión estaba clara desde el principio, cuando nadie todavía se había atrevido a denunciarlos. La mafia prospera allí donde el espíritu público cae de manera que el interés general queda supeditado a los intereses particulares. Se trata de una anomalía perniciosa ligada por lo general una historia que también lo es. Por ese motivo, la única forma de acabar con ella es combatirla con los medios de la razón y la ley. Mientras se desconfíe de la ley y las instituciones, la mentalidad mafiosa continuará imperando. Esto lo había sugerido ya Sciascia en dos textos anteriores, *Las parroquias de Regalpetra (1956)* y *Los tíos de Sicilia* (1958), y no era el primer autor siciliano que lo hacía, aunque sí el primero en expresarse con tanta claridad. Recordemos, por ejemplo, *El Gatopardo* de Lampedusa, novela donde se reflexiona sobre el modo en que la nueva clase mafioso-burguesa desplazó a fines del XIX a los aristócratas que poseyeron Sicilia durante siglos. Dice el protagonista: «Nosotros fuimos gatopardos, leones, quienes nos van a sustituir serán chacales, hienas».

La vida en un país dominado por una organización criminal que saca provecho de la inoperancia del Estado y de la corrupta connivencia de los funcionarios no es algo que pudiera dejar indiferente a un tipo como Sciascia. En semejante situación no se trata solo de que servidores del Estado mantengan relaciones ilícitas con quienes operan al margen de la ley, sino que la ley misma es la que deviene fuente de injusticias. Para que la mafia triunfe el Estado tiene que no funcionar. En *El contexto*, novela de 1971, el protagonista pregunta a un hombre que ha cumplido varios años de condena en la cárcel por un delito que no cometió si era o no inocente. Su respuesta es: «Sí, inocente, pero: ¿qué quiere decir ser inocente cuando se cae en el engranaje?». Sciascia no sugiere aquí que todos los que caen en manos de la justicia sean por definición víctimas, pero sabe que su degradación, la degradación del sistema, hace posible la existencia de un poder poco fiable, oculto tras las estructuras del Estado, que funciona al margen de la ley. Esto es lo que le interesaba como tema de reflexión, y por eso se preocupó menos en sus escritos de la historia de la mafia o sus actos delictivos, al modo en que podía hacerlo un historiador profesional o un escritor de novela negra, que por los prejuicios en los que reposa. A él le desagradaba tanto ser considerado un especialista en la materia como considerar el fenómeno mafioso un problema técnico. Ambas cosas chocaban de frente con su proyecto literario, un proyecto basado en la convicción de que «la literatura es la forma más absoluta que puede asumir la verdad». Si pese a todo se le tuvo socialmente por «mafiólogo» es porque, a diferencia de otros, jamás dudó en pronunciarse. La ley del silencio sobre la que la mafia asienta su poder («Vivo en Tommaso Natale» –declara una testigo en un juicio–, «tengo cuatro hijos y, por eso, no sé nada de nada»), nunca pudo acallarlo a él.

LO MAFIOSO Y EL PODER

La reflexión de Sciascia sobre la mentalidad mafiosa descansa en un principio, y es que el mafioso se siente tan plenamente integrado en el orden establecido que «no sabe que lo es». Sirve a un poder secreto que opera delictivamente y cuestiona el anhelo del Estado de monopolizar el uso de la fuerza, pero no está contra la ley, sino al otro lado de ella. La mafia, producto de un persistente vacío de poder, parasita el Estado porque ha entendido que quien garantiza la seguridad del ciudadano puede conspirar igualmente en su contra. La conciencia de que el funcionamiento de la administración y la justicia depende de la conducta de sus servidores y que estos son fácilmente manejables (por las buenas, como esos políticos con que la mafia mantiene relaciones de cooperación, o por las malas, como cuando aplica la más despiadada violencia) les lleva simplemente a parasitar el Estado. Los mafiosos no pretenden subvertir nada. De hecho, cuando ha sido necesaria su colaboración para mantener las cosas (la reconquista de Sicilia durante la Segunda Guerra Mundial o la captura de Salvatore Giuliano, bandido pagado por la mafia y el Estado para aplastar a tiros a los grupos de campesinos revolucionarios de la Sicilia de posguerra), no han dudado en prestarla. La mafia no es solo una asociación criminal, es un método. En Sicilia, al iniciar Sciascia su carrera,

era además una práctica arraigada. Lo único que cambió desde que publicó *El día de la lechuza*, en 1961, al año en que escribió su última novela, *Una historia sencilla* (1989), fue la capacidad de la mafia para camuflarse dentro del Estado. El negocio de la droga, con sus ramificaciones globales y su alta rentabilidad, ha dificultado sobremanera la capacidad mafiosa para la infiltración y ocultación en las instituciones. El lado oscuro de estas se ha vuelto, con relación a ella, menos oscuro, lo cual no significa que uno de los grandes problemas de nuestro tiempo no sea la asombrosa capacidad que tiene el poder, las estructuras legales del poder, para degenerar en algo mafioso.

En 1963, poco después de *El día de la lechuza*, Sciascia publicó *El archivo de Egipto*, una novela muy importante en su trayectoria literaria porque en ella encontramos todos los elementos que constituirán su estilo de madurez. El interés por quienes se han visto en algún momento de la vida afectados y destruidos por la continua derrota de la razón sigue presente en esta obra, pero ahora hay una vocación universalista. El autor no pierde de vista su circunstancia, pero se esfuerza por darle otra dimensión a fin de tratar las cuestiones que le interesan: la verdad y la mentira, la falta de correspondencia entre palabras y cosas, la degeneración del poder, el carácter fraudulento del conocimiento histórico. Ambientado en 1783, *El archivo de Egipto* narra cómo cierto fraile traduce, o mejor dicho manipula, pues ni siquiera conoce la lengua en que está escrito, un viejo manuscrito árabe sembrando el pánico entre los aristócratas sicilianos que temen que sea puesta en tela de juicio la legitimidad de sus privilegios. El virrey, un reformador que ha suprimido la Inquisición y quiere liquidar también los ancestrales derechos nobiliarios, permite con su indiferencia el fraude, y también lo hace cierto abogado rebelde, condenado a muerte después de fracasar la conspiración que ha organizado, quien atribuye el éxito del falso traductor a que en Sicilia la cultura es siempre una impostura, una falsificación en manos del poder.

El archivo de Egipto es el primer libro de Sciascia compuesto bajo la influencia directa de la *Historia de la columna infame*. En esta obra, Manzoni, coetáneo de Poe, reconstruye un hecho ocurrido en 1630 en Milán con procedimientos cercanos al género policial. Ahora bien, Manzoni no inventa un caso para resolverlo, sino que se sirve de un caso ya existente. La imaginación, en su relato, interviene menos que la lógica. El objetivo es aclarar el asunto a partir de pruebas y documentos judiciales. Sciascia, quien confesaba no poseer demasiada fantasía creativa, adoptó este método de trabajo. De hecho, es en la recreación de sucesos conocidos donde alcanza sus mejores resultados. A su juicio, lo nuevo y relevante de la investigación de Manzoni sobre el trato a que fueron sometidos un barbero y un inspector de sanidad acusados por las autoridades de propagar la peste en Milán fue el descubrimiento de que lo genuinamente criminal del proceso había sido la actuación de los jueces. El examen cuidadoso de los hechos, que Manzoni y Sciascia no consideran patrimonio profesional del detective, revela que las cosas son siempre más complejas de lo que parecen y que, además de víctimas y criminales, existe un orden legal y unas estructuras de poder conectadas con él a las que debemos prestar atención si queremos comprender de verdad el mundo donde vivimos. Esta es una idea que se repetirá frecuentemente en sus obras posteriores: *Todo modo, El contexto, La bruja y el capitán, En tierra de infieles, El teatro de la memoria…* Se trata, una y otra vez, del problema de la impunidad. Los responsables de los casos planteados acaban escapando siempre a la acción de la justicia. La ley parece no afectar a quien tiene auténtico poder. Ser poderoso significa, de hecho, quedar impune. Todo esto remite, por descontado, a la situación italiana, aunque Sciascia intuye que puede convertirse en el futuro en un grave problema para otros países. Las componendas de los poderosos son la causa principal de la pasividad de los gobiernos frente a los abusos y la corrupción, y este es siempre el inadvertido principio del fenómeno mafioso.

Sciascia aborda el problema de la impunidad desde diversos puntos de vista. En *1912+1*, donde cuenta el caso del asesinato de un soldado por la condesa Maria Tiepolo, exonerada de cualquier culpa por unos jueces que hacen prevalecer el honor conyugal y los privilegios de clase a las evidencias que prueban que no se defendió de un supuesto abuso sexual por parte del soldado, asistente de su marido, capitán del ejército, sino que mantenía una relación adúltera con él y que no sabía cómo romperla, subraya el enorme peso que en tales asuntos tienen los prejuicios sociales. Otra obra, *En Tierra de infieles*, cuenta la persecución de que fue objeto un obispo siciliano, Angelo Ficarra, al negarse a apoyar a la Democracia Cristiana como le ordenaron sus superiores. La curia intimida al obispo para que renuncie a su diócesis, cosa que logran nombrándolo arzobispo titular de Leontópolis de Augustamnica, vieja sede situada cerca de El Cairo, o sea, *in partibus infidelium*, en tierra de infieles.

El error judicial o policial y la persecución del hombre, los casos que acabamos de ver, son solo algunas de las prácticas asociadas a un poder que supedita el bien común a los interés particulares. Otra variante es la que desarrolla *El caso Aldo Moro*. Sciascia pone de relieve cómo los esfuerzos del gobierno por hacer creer que el Estado italiano es siempre consistente en sus relaciones con el terrorismo y que el secuestrado líder de la Democracia Cristiana había perdido su sentido del Estado al demandar de este que aceptara las peticiones de los secuestradores, chocan con el hecho de que ni la Democracia Cristiana en el gobierno ni Moro poseyeron jamás dicho sentido. Muy al contrario, lo suyo había sido la componenda, la intriga, el contubernio. En otras novelas,

El caballero y la muerte o *Todo modo*, la investigación del hecho criminal termina tropezando con impedimentos insalvables que impiden su desarrollo. Son los responsables del aparato policíaco o judicial quienes evitan con su acción que funcione. A las complejidades kafkianas de la organización del poder se añade la relativa impotencia de quienes lo ostentan en un mundo donde el crimen supera cualquier límite. «Vivimos en una época de criminalidad difusa y anónima», dice en cierto momento. No es asombroso, por eso, que los ejemplos se multipliquen y que la obra de Sciascia parezca en conjunto un fresco formidable de la realidad política y moral de su tiempo.

EL ESTILO DE SCIASCIA

Como Borges, por el que sentía profunda admiración, Sciascia creía por encima de todo en la literatura. «Nada de sí mismos ni del mundo entienden la generalidad de los hombres si la literatura no se lo explica». «La literatura es la forma más absoluta que puede asumir la verdad». Bajo estas afirmaciones, reiteradas a menudo en sus textos, late una certeza: la de que la verdad, cuya madre es la historia (Borges), tiene que ver menos con lo sucedido que con nuestra interpretación de lo sucedido. Los hechos son los que son, pero la interpretación de los hechos depende de muchos factores, entre ellos nuestros prejuicios. Justamente porque las cosas son así es por lo que la literatura constituye uno de los lugares privilegiados de la verdad. «Literatura» significa narración congruente, búsqueda de sentido. Puede tratarse de la *Biblia*, la *Historia de la caída y decadencia del Imperio Romano* o *La cartuja de Parma*. «No es la literatura lo que es fantasía» –escribe en *El caso Moro*–, «sino la realidad tal como es tomada y sistematizada por el poder». Una convicción como esta fue la que le llevó a rescatar historias olvidadas para volverlas a contar otra vez: la muerte de Raymond Roussel, la conspiración de los apuñaladores, la desaparición de Majorana, el proceso contra la condesa Tiépolo o el caso del desmemoriado de Collegno. Volver a escribir la historia es una forma de hacer perdurable lo que de auténtico hay en ella.

No obstante lo anterior, a Sciascia se le tiene por un escritor político que escogió la novela negra para reflexionar sobre ciertos temas que le interesaban: la injusticia, la intolerancia, la crueldad, la impunidad, el fanatismo... Algunos estudiosos aseguran que su mayor contribución fue llevar el pirandellismo al género policiaco, algo que podríamos aceptar si no fuera porque sus pesquisas poseen características propias que lo alejan de él: por ejemplo, el hecho de que el investigador no sea siempre policía o detective, o que las investigaciones queden sin resolver. La voluntad de claridad y justicia sale derrotada a menudo en sus textos. Igual ocurre con la razón. Todos los esfuerzos por arrojar luz acaban tropezando con la imposibilidad de deshacer una trama que en la mayoría de los casos apunta a quienes controlan el funcionamiento del Estado. Que el propio narrador —el cual suele coincidir con el investigador— caiga en la telaraña del poder sin conseguir entenderla ni escapar de ella confiere a sus textos un aire kafkiano congruente con su afán de reflexionar sobre la naturaleza del orden existente. La impotencia del investigador contrasta con la omnipotencia del detective, que resuelve infaliblemente las dificultades. Moriarti no es en las novelas de Sciascia el astuto malvado que se las arregla a última hora para escapar sin dejar rastro porque Moriarti es, precisamente, el sistema. Todo impide llegar a la verdad. El poder se encarga de ello. «La verdad no es una cosa justa, es el fin del mundo, y no podemos consentir el fin del mundo en nombre de una cosa justa», declara Giulio Andreotti en el célebre monólogo de Il Divo de Sorrentino. La conciencia de que las cosas son así es lo que lleva a que Sciascia se interese menos por dar con el culpable que por describir el contexto donde ocurre la acción. Por contexto hay que entender aquí no solo las circunstancias, las condiciones sociales, sino también, y sobre todo, el horizonte, un horizonte que en la época actual es una especie de confusión. Cuando Borges elogia el cuento policiaco diciendo «que está salvando el orden en una época de desorden», ese desorden es el contexto. No se trata de anarquía o caos, sino, volvamos a repetirlo, de estructuras kafkianas. Sin duda hay en nuestra época una más rigurosa organización de las cosas, pero esa organización, que facilita en general la vida, impide también que la vida, nuestra vida, escape de ella.

STREPITUS MUNDI

Sciascia comenzó a pensar sobre el problema de la mafia y, con él, en el del poder y sus anomalías, en la época en que Cesare Mori, el prefecto de hierro, actuaba en Sicilia. Ya entonces se dio cuenta de que este había fracasado en su lucha contra la mafia por haber puesto al pueblo siciliano en la tesitura de elegir entre el crimen y el crimen, y no entre el crimen y el derecho. Lo que sucedió después en Italia explica la evolución de su obra. Desde la posguerra hasta los setenta, la mafia prosperó amparada por un Estado en el que se había infiltrado gracias a la connivencia de políticos y jueces. A partir de esa fecha, debido a la reacción de funcionarios honrados y a las luchas intestinas de los mafiosos, cada vez más involucrados en el negocio global de la droga, la mafia inició su enfrentamiento abierto contra el Estado y sus representantes. Este tipo de actuaciones cesaron al filo de los ochenta, quizá al advertir los mafiosos que los efectos de su violencia los perjudicaban. Esta es la época de los arrepentidos y de los megajuicios contra capos mafiosos. Sciascia detecta entonces un problema que había existido durante la época fascista y que resurge con la democracia: cualquier forma de disidencia respecto de los métodos escogidos por la autoridad para combatir la mafia es considerada «mafiosa». La antimafia se convierte en instrumento de poder «con ayuda de la retórica y la falta de espíritu crítico». De pronto, las leyes del Estado quedan en entredicho, supeditadas a un objetivo superior. Para Sciascia se trata indudablemente de una calamidad. Él rechaza con todas sus fuerzas la posibilidad de que los jueces, en su labor de persecución de los criminales, se salten las exigencias del proceso penal. Resulta preferible, en su opinión, que los imputados sean absueltos a que se violen desde el poder los instrumentos normativos. Desde luego, no es ninguna *boutade* que el escritor propusiera varias veces que los jueces, antes de entrar en funciones, pasaran tres días en la cárcel para saber a dónde pueden enviar a la gente. Condenar al inocente es peor que dejar impune al culpable. *Puertas abiertas,* una de sus últimas novelas, reflexiona con brillantez y agudeza sobre este tema.

El 10 de septiembre de 1987 Sciascia publicó en el *Corriere della sera* un artículo titulado «Profesionales de la antimafia», donde denunciaba el uso por parte de políticos y magistrados de su posición en la lucha contra la mafia como instrumento de poder. Habituados como estamos hoy a ver de qué forma se rentabiliza la reivindicación −existe una próspera industria de la bondad en la que las buenas intenciones enmascaran suculentos negocios (emigración clandestina, organizaciones humanitarias, lucha de género, minorías oprimidas, etcétera)−, no debería extrañarnos demasiado que la reacción a sus palabras fuera muy crítica. Aunque la intención de Sciascia era denunciar la peligrosa «aureola de intocabilidad» que se estaba comenzando a formar en torno a los miembros de los comités antimafia, para sus críticos cuestionar a las «fuerzas» del orden era tanto como cuestionar el orden mismo. Paradójicamente, esta reacción confirmaba la tesis del escritor de que en la Italia democrática se estaba produciendo un fenómeno similar al que tuvo lugar en la Italia fascista: que cualquier discrepancia con la política antimafiosa fuese considerada mafiosa.

Sciascia recibió en el curso de su vida toda clase de críticas. Unos le acusaron de inventar un mundo para atraer a los lectores, la Sicilia de la mafia; otros, tras publicar «Profesionales de la antimafia», de ser un traidor a la causa de la ley y un defensor de los criminales. Treinta años después de su muerte nadie puede discutir su coherencia, esa coherencia que trae consigo el compromiso insobornable con la verdad. Sus enemigos no pueden decir lo mismo: ni aquellos que negaban la existencia de la mafia, ni aquellos otros que rechazaban a quien quiera que no la combatiera según sus directrices. Estos últimos quedaron completamente desenmascarados con la publicación en 2016 de *I tragediatori. La fine dell'antimafia e il crollo dei sucio miti*, una obra de Francesco Forgine, presidente de la Comisión Antimafia de la XV legislatura, donde se demuestra que la lucha contra la mafia fue utilizada también como pretexto para conseguir otros fines. Prueba de la naturaleza ilícita de esos fines, denunciados por Sciascia como una peligrosa posibilidad, es el hecho de que varios de los que se escandalizaron con su artículo se encuentren ahora en la cárcel, cumpliendo condena por delitos relacionados con la organización criminal a la que fingieron combatir.

Philip Roth y la cuestión judía

Ser o no ser (judío)

El apellido Roth es uno de los más ilustres de la literatura contemporánea. Tres autores de primera categoría lo han llevado, los tres judíos, originarios de la misma tierra, aunque sin conexiones familiares entre sí: Joseph, Henry, Philip. El primero, nacido en Brody, ciudad hoy ucraniana, vivió la caída de los Habsburgo, la pérdida de la patria (el efímero reino de Galitzia y Lodomeria) y el ascenso del nazismo. La envidia que como judío del Este mostró en *Judíos errantes* hacia los judíos occidentales, bien integrados en apariencia, se volvió al final de sus días zozobra y tribulación. Henry también llegó al mundo en la provincia austrohúngara de Galiztia, pero siendo niño emigró con su familia a los Estados Unidos. Su novela más conocida (y durante cincuenta años su única novela), *Llámalo sueño*, es la historia de un chiquillo recién llegado a América que habla yiddish con sus padres e inglés con sus amigos. Publicada en 1934, refleja el carácter opresivo del guetto, una opresión debida más a la incapacidad del inmigrante para entender que forma parte ahora de una comunidad indiferente al origen de las personas que al hostigamiento externo. El último de los Roth, Philip, nacido un año antes que la novela de Henry, es un norteamericano de segunda generación que nunca sufrió exclusión ni discriminación por ser judío. Sus detractores han sido los propios judíos, a quienes ha criticado a lo largo de su carrera con ferocidad nietzscheana.

Americano por encima de todo, Roth ha confesado su ineptitud para tomarse en serio las subdivisiones humanas: razas, religiones, credos. Esta manera de clasificar a los hombres no concuerda a su entender ni con el espíritu integrador de su patria ni con la indiferencia social de los tiempos. Criado en un barrio de Newark, Nueva Jersey, cuando Estados Unidos combatía a la Alemania nazi, su impresión nunca fue la de alguien rodeado por una mayoría agresiva, sino la de un ciudadano en un país constituido por personas integradas en minorías culturales o raciales que procuraban transformarse a fin de adaptarse a su estilo de vida. Vivir prisionero de una identidad, sentirse víctima de ella en un lugar donde las raíces no cuentan, le pareció siempre absurdo. «Cualquiera que se tenga por norteamericano pero diga que también es algo más» –declaró en cierta ocasión Theodore Roosevelt– «no es en absoluto norteamericano». La dolorosa experiencia de sus abuelos, emigrados judíos habituados a la violencia de sus perseguidores, no es la suya. Aunque Norteamérica, a la que tanto le costó abolir las leyes de segregación racial, no se ha conducido siempre bien con los judíos, nadie nacido en los años treinta puede decir que haya sido tratado allí como un ciudadano de segunda. Prueba de su integración es que los rabinos y la sinagoga han ejercido sobre ellos menos influencia que el boxeo, el beisbol o el jazz. Si Henry Roth, al evocar su infancia en *Una estrella brilla sobre Mount Morris Park*, escribe que en su fiesta del *bar mitzvach* (por la que el joven de trece años deviene adulto) «pensó que estaba cautivo de una identidad de la que no tenía probabilidades de librarse nunca», Philip, una generación más joven, se ve a sí mismo como un tipo corriente que cuenta con todo y no está dispuesto a renunciar a nada a causa de sus orígenes. Verdad que este clima cambió a finales de los cuarenta con la llegada de los supervivientes del Holocausto y la fundación del Estado de Israel, pero la tesis de que el mundo sería mejor si eran eliminados los judíos, aun cuando tuvo también sus partidarios, no podía arraigar en Estados Unidos, un país que, todo lo hipócritamente que se quiera, presume de creer en la igualdad de todos los seres humanos ante la ley.

El pueblo judío, el único que cuenta la historia desde la creación del mundo, lleva siglos en la diáspora, padeciendo la hostilidad de las naciones. Esto no significa que toda su historia sea dolor y persecución. Cuando menos, ha conocido tres épocas doradas: la helenística que precedió a la destrucción del segundo templo, la hispánica anterior a la expulsión de los judíos por los Reyes Católicos, y el medio siglo europeo previo al nazismo. Mientras en Europa del Este, especialmente en la Rusia zarista, continuaban la opresión, el desprecio y el pogromo, en Europa occidental, gracias a la atmósfera liberal que reinó antes y después de la Primera Guerra Mundial, fueron desapareciendo las restricciones y la asimilación avanzó. Lo único que se exigía a los judíos era dejar de serlo, algo que la mayoría deseaba. Si bien no todos pensaban que esto fuera posible –Freud escribió que cuando un judío renuncia a lo que comparte con los otros judíos aun tiene en común con ellos lo esencial–, fueron más los que confiaron en la asimilación y la ruptura con el pueblo elegido. El paso solía acarrear la aceptación de los principios ilustrados y las ideas liberales. No por azar llamaban *ilustrados* los judíos del Este a quienes vestían a la europea y se rapaban la barba.

La renuncia a las tradiciones de sus antepasados, que otorgaba a los judíos la oportunidad de integrarse fácilmente en la moderna sociedad europea, resultó a la larga catastrófica. El mundo alemán, dominado por el discurso romántico, se revolvió contra ellos de forma inaudita. Es difícil afirmar si Alemania fue antisemita por ser racista o por ser romántica; de lo que no cabe duda es de que abundaban los alemanes convencidos de que el cosmopolitismo y la codicia de los judíos eran la causa de los males patrios, especialmente de la derrota en la Primera Guerra Mundial, que tantos sinsabores acarreó a los perdedores. ¿Acaso no fue una ingenuidad confiar en una raza que había flotado a lo largo de siglos entre otros pueblos como parásitos culturales? ¿No había demostrado la publicación en Rusia de *Los protocolos de los sabios de Sión* la existencia de una oscura organización sionista mundial, conectada con la francmasonería, que trataba de usar el comunismo para sublevar a las masas, subvertir el orden establecido y tomar el poder para acabar con las antiguas naciones? El nazismo, consciente de que el mejor aglutinante es un enemigo interno, alimentó estos prejuicios. De un lado Alemania, con sus ingentes reservas de autenticidad; del otro los judíos, el desarraigo cultural, el sucio capitalismo, la inhumanidad comunista. La guerra acabó con el sueño nazi, pero ¿quien dice que no volvería a pasar algo parecido en los Estados Unidos? ¿No podía sucederle a Roth lo que a Wittgenstein cuando, tras la anexión de Austria por Alemania, se vio convertido en *judío alemán*? ¿Cometerían los judíos americanos el mismo error que los judíos asimilados de Europa, que presumían de no serlo sin darse cuenta de que su gesto alcanzaba solo a los otros judíos, no a los gentiles que jamás olvidan su origen?

Liberarse de la tiranía de los muertos

Roth nunca se ha dejado intimidar por tales argumentos. Por convincente que nos parezca la idea de que los judíos son siempre la primera víctima en cualquier baño de sangre que se organice en la historia, la derrota del nazismo y el triunfo de la democracia constituyen a su entender un principio. No se puede seguir mirando atrás. Los cambios acaecidos a lo largo del siglo xx son lo bastante profundos como para seguir haciendo caso a quienes proclaman que toda integración es una huída de la comunidad de los perseguidos o que la única solución para los judíos es el establecimiento de un Estado en permanente lucha contra enemigos exteriores. Hay que liberarse de la lacrimógena tiranía de los muertos, de la mentalidad de guetto, de la idea de que hay un problema judío y un pueblo elegido. «Ser elegido es también siempre el requisito para ser condenado». Por eso, en vez de plantear soluciones al problema, Roth ha procurado disolverlo eludiendo la mala conciencia judía, esa forma de concebir la existencia humana según la cual el sufrimiento es algo inherente a su naturaleza caída. Para él América es la tierra que borra el pecado original, la tierra prometida en la que el pueblo judío ha quedado finalmente liberado del oprobio de la persecución.

Estos pensamientos le han causado innumerables problemas desde el comienzo de su carrera. Ya uno de sus primeros relatos, *El defensor de la fe*, publicado en 1959, suscitó entre los ortodoxos judíos reacciones adversas. Se le acusó de alimentar a los antisemitas, de odiarse a sí mismo, de repudiar la religión. Dos representantes de la Liga Antidifamación (asociación consagrada a defender los derechos civiles y legales de los judíos) le exigieron explicaciones. Cuando al año siguiente obtuvo el National Book Award por *Goodbay, Columbus* se desató una dura campaña en su contra. Fue acusado de burlarse de sus raíces, de traicionar a su pueblo, de añadir dolor a las víctimas de una persecución milenaria. Él se defendió denunciando la actitud estética de sus detractores: ¿creen estos que las obras de ficción deben ocuparse únicamente de defender buenos sentimientos? ¿Ignoran el carácter liberador de la ficción, la naturaleza hipotética de la narrativa, el derecho de los autores a explorar nuestro ser desde perspectivas distintas de la cotidiana? ¿O es que se trata solo de lectores que se sienten satisfechos solo si la novela que abren antes de dormir ronronea sobre la cama como un animal doméstico?

El problema es que Roth, en vez de emular por ejemplo a su admirado Malamud, quien se ocupaba de judíos heroicos dignos de elogio o de fracasados que arrastraban en un mundo más precario que hostil los arraigados complejos de la inmigración y la opresión, ha cultivado esa cosa freudiana de hurgar en los bajos fondos. Aunque los rabinos se quejen de que esto puede acarrear un daño irreparable a la causa judía, él no tiene la menor duda de que mostrar a los judíos como son no es ofrecer argumentos a quienes los han perseguido, deportado y asesinado. Exigir a los escritores judíos que se ocupen solo de personajes ejemplares a fin de que los gentiles no deseen matarlos es una necedad similar a aquella que empuja a las feministas a acusar de machismo a cualquier autor que eluda presentar a las mujeres como seres ideales y maravillosos, sujetos a la invariable opresión masculina. En palabras de Roth, «La literatura no es un concurso de belleza moral».

Seguro de sus ideas y de su posición como judío americano, Roth contraatacó a fines de los sesenta con una provocativa novela, *El mal de Portnoy*. Obscenidad, parodia, difamación, blasfemia, todos los recursos de la comedia fueron puestos al servicio de un proyecto: tratar el sentimiento de culpa, quintaesencia de lo judío, como algo grotesco. Estamos en 1969, uno de los momentos de mayor desorientación social vividos en los Estados Unidos desde la Segunda Guerra Mundial: la época de Johnson, el sucesor de Kennedy, y de la Guerra de Vietnam, con todo lo que trajo consigo de reivindicación personal y lucha contra la hipocresía de una sociedad narcisista, puritana y represora. La desconfianza en la autoridad y el orden público parecía que no podía ser más profunda, el blindaje moral de los americanos comenzaba a agrietarse y la descarada franqueza del protagonista de la novela resultó más atractiva que repugnante. Aunque se trataba de un judío, su experiencia coincidía con la de cualquiera que hubiera entendido las debilidades humanas y desconfiara de los buenos sentimientos, ese contexto banal e idealizado con que en Estados Unidos se tiende a enmascarar la realidad o a juzgarla rencorosamente. El escándalo fue formidable y ha acompañado luego al autor durante el resto de su vida.

Si no conocía por experiencia la persecución antisemita, pronto supo en qué consistía la represión que los judíos se infligen a sí mismos debido al antisemitismo. Pero tampoco entonces cederá sino que al contrario, muy en su estilo, dará otra vuelta de tuerca al conflicto con sus detractores convirtiéndolo en el drama de rencores familiares de Zuckerman, su alter ego.

¿QUÉ SIGNIFICA SER JUDÍO?

Roth ha declarado que lo judío de sus libros no radica en el tema –la vida de personas que lo son–, sino en cierta clase de sensibilidad: «el nerviosismo, la excitación, la discusión, la dramatización, la indignación, la obsesión, la susceptibilidad, la actuación y ante todo el habla». «Hablamos demasiado, decimos demasiado y no sabemos parar». Como apunta en *Operación Shylock*: «la impertinencia es el estilo judío». Lo es, sin duda, en *El mal de Portnoy*, monólogo en el que el protagonista, sumido en un estado de conmoción interior, refiere su vida al doctor que lo está psicoanalizando. El relato arranca con la evocación de unos padres volcados en su crianza –madre perfeccionista y protectora, padre sacrificado– que, a causa de un sentido pacato de la existencia y sus peligros, acaban desquiciándolo. Portnoy atribuye su carácter débil, morboso e histérico, que identifica con lo judío, a sus padres. Autocontrol, sobriedad, vergüenza, respeto a la ley, angustia moral… «¿es esto lo que llegó hasta mí desde los pogromos y las persecuciones, de las burlas y los insultos inferidos por los gentiles a lo largo de dos mil años?». Ansioso por gozar de la vida y liberarse de la culpabilidad y el rencor, está seguro de que los buenos sentimientos que le inculcaron han acabado trastornándolo. Examina su vida y la de la gente que conoce y advierte que la dicha o el éxito social y profesional nada tienen que ver con ellos, que los buenos sentimientos solo sirven para bloquear el deseo.

Ni que decir tiene que el conflicto entre un superego autoritario y un ello anárquico se decantará del lado de este. Portnoy rechaza a Dios y la religión, reniega de su familia y su raza, abomina de su historia milenaria y de sus atávicas costumbres. «¿Para qué estas reglas alimenticias prohibitivas sino para proporcionarnos a los niños judíos práctica en ser reprimidos?».

Los rabinos pusieron el grito en el cielo, aunque resulta dudoso que lo que les indignara fuera, como dijeron, el uso que pudiesen hacer los antisemitas de la burla que había en la novela y no, más bien, el que podrían hacer los propios judíos. Roth no había entrado en el templo con un látigo en la mano para expulsar emulando a Cristo a los mercaderes; había entrado como Nietzsche, con un martillo y una mochila repleta de dinamita.

El mal de Portnoy no es libro para recomendar a aquellos a los que gusta colocarse del lado de la virtud. Su protagonista no solo no hace ningún esfuerzo por ocultar sus pasiones, sino que se concentra en ellas para escarbarlas como un animal coprófago. La rectitud pública, los buenos sentimientos, la inocencia, todo eso que vuelve reconfortante la vida de la mayor parte de la gente, le parece a él hipócrita y mentiroso. Se diría que Roth ha creado el personaje para darse el gusto de invertir el proceso de sublimación. Esta vena subversiva, sustentada en una radiografiante lucidez, se convierte además en su medio estético más personal, al margen de la cuestión de los judíos. La crítica feroz a Nixon en *Nuestra Pandilla*, el toque kafkiano de *El Pecho* o el carácter dionisíaco de *La gran novela americana*, obras que se publican inmediatamente después de *El mal de Portnoy*, tienen en común ese carácter subversivo. Roth cambia el tono y cambia de blanco, pero porque se vuelve aún más radical. En vez de lanzar sus dardos contra los valores establecidos –a los que había dedicado sus primeras novelas, *Deudas y dolores* o *Cuando era ella buena*–, apunta a cualquier discurso con pretensiones de autoridad.

En 1974, con *Mi vida como hombre*, aparece el personaje de Zuckerman, protagonista o narrador de otras nueve novelas suyas —*El escritor fantasma, Zuckerman desencadenado, La lección de anatomía, La orgía de Praga, La contravida, Pastoral Americana, Me casé con un comunista, La mancha humana* y *Sale el espectro*. Con Zuckerman reaparece la cuestión judía. Nathan Zuckerman, igual que Roth, es un escritor judío de Newark al que acompaña como una sombra la polémica desde que obtuvo el éxito con su procaz *Carnovsky*. Su infancia en la típica familia hebrea, sus graves problemas filiales, su matrimonio con una mujer desquiciada, el encuentro con el maestro, las dificultades de la fama, la muerte de los progenitores, la ruptura con el hermano, en fin, la vida misma del personaje surge ante nosotros como en un fresco. Los primeros títulos, escritos entre 1974 y 1986, se centran en esto; los últimos, de 1997 a 2007, tienen por objeto los temas que trata como narrador. Ni que decir tiene que la cuestión judía está más presente en las primeras obras, cuya culminación es *La Contravida*, que en las segundas, donde son abordados problemas circunstanciales: el fracaso del sueño americano, la era McCarthy, los excesos de la corrección política, ejemplos de esa suerte de disonancia cognitiva que parece sufrir la sociedad americana y que le lleva a menudo a confundir lo conveniente con lo real.

ISRAEL

Quienes crean en la omnipotencia de la causalidad probablemente encontrarán alguna conexión entre la aparición de Zuckerman y el ataque de cinco mil carros de combate sirios y egipcios a Israel el día del *yom kipur* de 1973. No es que Roth o su personaje estuvieran preocupados por el destino inmediato del pequeño Estado judío —los israelíes neutralizaron la ofensiva y en tres semanas se plantaron en los suburbios de El Cairo y Damasco—, pero como la respuesta internacional, incluido el Consejo de Seguridad de la ONU, fue de rechazo hacia las acciones judías, tal vez se vieron obligados a manifestarse. La actitud hacia los judíos ya había comenzado a variar en 1967, con la guerra de los Seis Días, pero ahora se produjo un giro casi radical. La magnanimidad mostrada con Israel desde que en 1948 proclamó su independencia desapareció de golpe cuando se vio que aquel exiguo Estado dedicado a la agricultura se había convertido en una potencia. Las cosas se complicaron y, como suele pasar desde que existen intelectuales comprometidos, aumentó la confusión. Si bien cuando se concedió a los judíos el derecho a crear un Estado propio nadie pensó en satisfacer sus hipotéticos derechos sobre territorios bíblicos, los sionistas aprovecharon la crisis para reivindicar nuevos dominios, indispensables (a su juicio) para garantizar la defensa de aquellos. Los árabes, cuyos Estados no eran mucho más viejos –habían surgido tras la caída del Imperio Otomano–, se habían negado a aceptar la decisión de Naciones Unidas de entregar tierras a los colonos judíos y, por lo tanto, no solo se oponían a la expansión de Israel, sino a su mera existencia. El conflicto, irresoluble de suyo, estaba destinado a enconarse, y los únicos cambios previsibles eran los que se pudieran producir en la opinión internacional, cada vez más decantada por los árabes. Los judíos, aseguraban algunos, habían vuelto a engañar a todo el mundo. Una cosa era disponer de un Estado guetto y otra ser una potencia militar. El juego del poder trasladó el debate a Washington, cuyo apoyo era fundamental para la supervivencia israelí, y la presión de los sionistas, inventores de esa táctica política tan extendida de apelar a una tragedia para justificar tales o cuales reivindicaciones, alcanzó máximos históricos. Había que olvidar rencillas y discrepancias y hacer frente común contra los enemigos del pueblo elegido. Esto incluía a judíos críticos como Roth. Este, sin embargo, pese a las circunstancias aparentemente tan calamitosas para el pueblo de sus antepasados, apenas modificó sus posiciones. Se sentía antes que nada americano, un americano lo bastante lúcido como para percatarse de que el Holocausto se estaba convirtiendo en cortina de humo con la que los israelíes tapaban sus excesos, y aunque era perfectamente consciente de los vicios y defectos de la sociedad americana, consideraba muy superior su régimen a otro fundado en la idea de exclusión.

Judíos de Norteamérica

En *La contravida*, la gran novela judía de la serie Zuckerman, este visita Israel tratando de persuadir a su hermano Henry para que retorne a Estados Unidos. Henry es un tipo modélico, cuyos esfuerzos vitales parecían hasta cierto momento encaminados a hacer la ordenada vida de un hombre maduro, pero traiciona a su mujer y acaba llevando una doble vida lujuriosa que lo trastoca todo. En una de las versiones de la historia –*La contravida* no es una novela con argumento, nudo y desenlace–, Henry rompe con su mundo, se marcha a Israel y se hace sionista. Nathan aprovecha un viaje para entrevistarse con él. Antes tiene un interesante diálogo con un judío de origen ruso que escapó a Palestina tras la revolución, y que le habla de las ventajas de vivir en un Estado judío. Por supuesto, él no las comparte. Un universitario secularizado y ateo, que no es refugiado, socialista o nacionalista, sino nieto de un judío de Galitzia que emigró a América al ver que Europa era mal sitio para su gente y que ni por asomo pretendía fundar una patria, sino salvar el pellejo, no juzga interesante el empeño de vivir como sus antepasados, o sea, rodeado de enemigos. El discurso de Nathan parece pensado para marcar distancia del proyecto israelí, pero en realidad lo que hace es mostrar sus contradicciones internas. No hay que saber mucho de judaísmo para darse cuenta de que entre el sionista que aspira a construir el Estado de Israel y el judío ortodoxo que cree que todo lo que no venga de Dios carece de valor, media una distancia difícil de recorrer. ¿Cómo conciliar el rechazo religioso a la violencia, la indignación y la sublevación, con la forja de un Estado que trata de subsistir en medio de feroces enemigos? ¿Cómo casar la ortodoxia –o sea, la creencia en la letra de la revelación y la aceptación del destino de los judíos en la diáspora como parte de la divina providencia (algo que solo podría cambiar la venida del Mesías)– con la instauración de un Estado judío que, para constituirse, tenía que rechazar de alguna manera esa fe? Si los judíos devotos que trataban de salvar el judaísmo se habían visto obligados a aceptar en nombre de Israel muchas de las premisas de sus adversarios, los sionistas parecían condenados a comportarse igual que los promotores del Holocausto. Estas contradicciones se agudizaban todavía más en la medida en que el Estado de Israel, en su afán por terminar con el desamparo judío y responder a siglos de ridiculización y menosprecio, ha acabado siendo a causa de la presión de sus vecinos lo único que no deseaba ser: una especie de Estado guetto que, en vez de servir de espacio oxigenado donde transformar al judío en ser humano normal, se ha convertido en caldo de cultivo de todas las variantes de la demencia, incluida la peor de todas, el aplastamiento de otras razas. En un proceso que arrancó en 1967, los judíos han pasado de ser víctimas a ser verdugos. Para asumir este nuevo papel han usado el Holocausto como estrategia de justificación, fea maniobra que ha funcionado a la perfección en Estados Unidos, donde los judíos, cargados quizá de culpa porque no sufrieron la barbarie europea o tal vez queriéndose garantizar un refugio para el caso de que las cosas se pongan malas otra vez, han *psicosemi-tizado* el problema, respaldando las fantasías morales de Israel. La conclusión de Nathan Zuckerman es tajante: la existencia de un Estado no dota a un pueblo de identidad, y lo que podría ser peor: cabe la posibilidad de que la destruya, o que la convierta en una identidad paranoica.

El sionismo, con su creencia en que la integración de los judíos constituye una especie de segundo holocausto, repugna a Zuckerman, quien siempre ha visto con muy buenos ojos la pérdida de la identidad racial o religiosa que supone ser norteamericano. Esta convicción se revela también estéticamente. En *El escritor fantasma* nos enteramos, por ejemplo, de su admiración por dos novelistas judíos contemporáneos: E. I. Lonoff y Felix Abravanal. Las pistas que se ofrecen allí hacen pensar que detrás de estos nombres están Bernard Malamud y Saul Bellow. Malamud nació en Nueva York en 1914. Sus padres, igual que los de Bellow, nacido en Quebec un año después, venían de Rusia. Ambos experimentaron el problema de la pérdida de identidad más intensamente que el hostigamiento racial, y ello quizá les permitió guardar cierta distancia frente al judaísmo, distancia que explica que no desafiaran los tabúes ni cuestionaran tampoco los viejos tópicos: la conexión entre el judío y la conciencia y el gentil y el apetito; el carácter inocente, virtuoso y pasivo del judío frente al gentil corrupto, etcétera. *El hombre de Kiev*, novela donde Malamud recrea los sufrimientos de un judío acusado falsamente de asesinar a un niño ruso por motivos rituales, constituye un buen ejemplo. Alexander Portnoy, el héroe de Roth, no se parece en nada a este tipo de judío perspicaz y cauto sobre el que la fatalidad cae sin remedio. La distancia entre uno y otro es enorme. Sin embargo, Malamud y Bellow, al igual que su coetáneo Henry Roth, quien habla de su generación como «de la primera generación de astutos sinvergüenzas urbanos», se sintieron libres para romper con la tiranía del yiddish –la lengua de la diáspora y de los escritores judíos internacionales: Aleijem, Scholem Asch, Hirshbein, Singer–, cuya preservación era esencial para los ortodoxos partidarios de poner trabas a la asimilación. Aunque no cuestionaran sus raíces, tomaron distancia, y esto fue decisivo. Bellow, por ejemplo, inicia su primera gran novela, *Las aventuras de Augie March*, con estas palabras: «Soy un norteamericano de Chicago». Roth ha relacionado su actitud con la de los músicos judíos de la época: Copland, Gershwin, Berstein... Tampoco ninguno de ellos compuso nada pensando en una minoría racial. Eso los hizo grandes. Por eso dice Roth en *El oficio* que Saul Bellow «fue el Cristóbal Colón de la gente como yo, los nietos de inmigrantes que quisieron ser escritores americanos detrás de él».

Una loca alternativa a la locura

Aunque la cuestión judía –«el tema cuya obsesiva indagación siempre me ha parecido que podía dejarse para otro día»– se le ha impuesto a Roth como una fatalidad, el único libro que la aborda directamente es uno de 1993: *Operación Shylock*. Aclaremos sin embargo que «directamente» no es la palabra idónea para describir lo que hallamos en la novela: un cuadro del problema a partir de perspectivas en colisión. El fondo común es la idea de que la cuestión judía ya solo afecta a los judíos americanos, nietos de los inmigrantes que huyeron de Europa antes del ascenso nazi y trataron luego de crearse una nueva identidad en inglés, y a los judíos de Israel, formados por los supervivientes del Holocausto y la persecución soviética, la mayor parte hablantes de yiddish, aunque tan ansiosos por romper con su pasado como para adoptar el hebreo como lengua oficial de su nuevo país.

Roth se entera de que alguien se está haciendo pasar por él en Israel y lo que es peor, defendiendo allí una fantasía demencial: el diasporismo, o sea, el reasentamiento de los judíos en Europa. Su tesis es que el Estado de Israel ha vuelto mucho más peligrosa la supervivencia de los judíos y que una de dos: o los árabes vencen y los destruyen, o son ellos los que, usando la bomba atómica, terminan con sus enemigos y concitan de nuevo el odio universal. Convencido de que Hitler no debe salirse con la suya, el otro Roth argumenta que, pese a su mala experiencia, Europa ha sido también para los judíos la tierra donde alcanzaron plenitud histórica. Además, los europeos están arrepentidos y no hay nada que temer de ellos. Israel, por supuesto, debe seguir siendo un país, pero formado solo por judíos originarios de países islámicos. Al reducirse drásticamente la población podrán volver sus fronteras a lo pactado en 1948 y restaurar la paz con los árabes. El falso Roth justifica al sionismo por lo que significó en la época en que los judíos estaban al borde de la extinción, aunque los critica ahora por haberlos llevado a una situación sin retorno. «El sionismo se ha vuelto contraproducente y el Estado que ha creado, con su totalitarismo judaico, constituye una amenaza para todos los judíos del mundo». El plan puede parecer pueril, demencial, pero ¿no parecía exactamente lo mismo el proyecto del padre del Estado judío, Theodor Herzl, a finales del siglo XIX?

Henry Ford, el influyente empresario automovilístico, autor de varias docenas de artículos donde acusaba a los judíos de conspirar para apoderarse del mundo, decía que la historia consiste básicamente en bobadas. Aunque después de leerle resulta difícil quitarle la razón, las bobadas de la historia, todo eso que nos hace perder el tiempo, son la materia de la vida. No hay modo de situarse más allá de ellas, en el mundo de las ideas inteligibles. Aunque Roth se haya lamentado a menudo de haber despilfarrado el tiempo ocupándose del asunto judío, su esfuerzo por no ser absorbido por los prejuicios reinantes en un mundo determinado por la ignorancia y el odio es cualquier cosa menos inútil. Si la historia prueba que todo lo que el hombre erige está condenado a hundirse, lo único con lo que de verdad deberíamos contar es la naturaleza y aquello que depende de ella, fundamentalmente dos cosas: el deseo y la voluntad de poder. Estos han sido los caballos de batalla de Roth, el deseo –la otra cara del judaísmo, con su rechazo de lo sexual– y la política, la cual sobrevive hoy a la extinción de la religión y la ideología en formas demagógicas que amenazan con acabar con la cordura.

Salman Rusdhie y el fanatismo

Salman Rusdhie supo que el ayatolá Jomeini lo había condenado a muerte el día de San Valentín de 1989. No era para él una fecha señalada, y menos aquel año, con su matrimonio con la novelista Marianne Wiggins a punto de irse a pique, pero la noticia le chafó una mañana que se presentaba ya bastante triste debido al funeral en memoria de su amigo, el escritor viajero Bruce Chatwin. Enterarse de que estaba en el punto de mira de cualquier musulmán dispuesto a matar en nombre de dios no era plato de gusto. A la vuelta de la ceremonia, los telediarios emitían ya imágenes de miles de manifestantes en Teherán pidiendo a gritos su cabeza. El fundador de la República Islámica de Irán parecía haber encontrado en una novela sacrílega y su diabólico autor la manera más sencilla de enmascarar sus crímenes (incluyo aquí el sometimiento de las mujeres y el refinamiento en el uso de la intimidación y la tortura), disculpar sus fracasos y recuperar el apoyo del pueblo.

Hasta el año anterior, Irán había estado en guerra con Irak. El motivo del conflicto entre los dos países era decidir quién se quedaba con el estuario del Tigris y el Éufrates y con las islas que dominan el Estrecho de Ormuz. Tras ocho años devastadores y millón y medio de muertos, llegó la paz. Las partes, reconociendo que la partida había quedado en tablas, acordaron mantener la situación territorial anterior al inicio de las hostilidades. El número de perjudicados a causa de aquel inútil derramamiento de sangre era difícil de calcular, pero el de beneficiados se reducía en principio solo a dos, los caudillos de los países en liza: Hussein y Jomeini. La guerra les había ayudado a fortalecer su posición y atiborrar el paraíso de mártires, entre los que destacaba el contingente de niños iraníes enviados allí tras hacer estallar con sus cuerpos las minas que protegían las fronteras iraquíes del avance del ejército persa.

Intencionadamente, porque en política casi nada se deja al azar, la fetua con la condena a muerte del escritor y todos aquellos que colaboraran en la difusión de su obra fue proclamada en vísperas de la salida del Ejército Rojo de Afganistán. Puesto que la retirada rusa, acontecimiento que tendría enormes consecuencias geopolíticas que nadie alcanzó entonces a adivinar, representaba el triunfo de los suníes, rivales de los chiitas en la lucha por encabezar el islamismo revolucionario, Jomeini tenía necesidad de ensombrecer la victoria de sus adversarios para evitar que, por defecto, relucieran más sus fracasos. Si bien declarar la guerra santa a un simple escritor no parecía gran cosa, la persecución y asesinato de alguien que cuestiona los ideales del grupo constituye una forma bárbara, pero habitualmente eficaz, de reforzar su identidad. «Informo a los musulmanes celosos del mundo de que el autor del libro titulado *Los versos satánicos*, que ha sido impreso y publicado en contra del islam, el profeta y el Corán, y todos los que participaron en su publicación y estaban al tanto de su contenido, han sido condenados a muerte. Hago un llamamiento a todos los musulmanes para que los ejecuten con rapidez dondequiera que se encuentren a fin de que nadie más se atreva a insultar a las santidades musulmanas». Emitir como sacerdote y jefe de Estado la orden de ejecutar a un ciudadano británico en territorio británico resultaba además tan inaudito legal y diplomáticamente hablando que logró lo que pretendía: producir un gran escándalo y ganar al menos la batalla mediática. Una sentencia como aquella, mantenida durante años con obstinada seriedad, equivalía a pretender que la autoridad de imanes, ulemas y ayatolás se situara por encima de las constituciones de los Estados, ocurrencia que a algunos les pareció la prueba definitiva de la megalomanía de la religión y a otros les recordó los textos donde Voltaire denuncia al islam no por sus contenidos doctrinales, sino por los feroces métodos utilizados para imponerlos.

La blasfemia

La novela de la blasfemia, *Los versos satánicos*, contiene elementos irritantes para un musulmán estricto, pero en una medida ridícula comparada con lo que acostumbran a soportar los cristianos desde la época de la Ilustración. El problema es que en la guerra encubierta existente en el mundo islámico entre secularismo y religión (guerra en la que esta lleva las de ganar, y no debido a la superioridad de sus principios, sino a la ventaja práctica de poder suprimir a quien los rechaza), cualquier observación relacionada con la escritura sagrada levanta al instante ampollas. La ocurrencia de Rusdhie de bromear con una tradición de origen popular que atribuye a la mala fe de un copista la interpolación de ideas particulares en las revelaciones del Profeta iba a ser obviamente muy mal recibida. Aunque más que un ataque a la religión fuera en realidad un ataque a la autoridad religiosa, estaba claro que la reacción sería similar. Si la defensa de la libertad lleva aparejado el rechazo de cualquier forma de tiranía en nombre de dios y, por tanto, de la soberana potestad espiritual del clero, los argumentos de un ilustrado sonarán siempre a oído de los clérigos como blasfemia.

La incredulidad heredada por Rusdhie de su padre (la profunda admiración por Ibn Rushd, Averroes, el filósofo cordobés enemigo del literalismo islámico, le llevó a cambiar el apellido familiar por el que ahora luce su hijo) no le ha impedido sentir fascinación por la historia del islam, religión cuyo origen, a diferencia de otras, está documentado hasta en los menores detalles. Fue el comentario a uno de esos detalles el que desató la cólera aciaga de Jomeini. Si la revelación fue un acontecimiento subjetivo, no un hecho objetivo constatable, y el Profeta dictaba sus experiencias a copistas que, dadas las limitaciones del alfabeto de entonces (el alifato), pudieron cometer involuntarios errores u ocasionar inesperadas confusiones, ¿cómo estar seguros de que nos ha llegado tal cual la palabra divina? Mahoma recibía revelaciones de un arcángel y luego las recitaba de memoria (*al Qur'an* significa eso, «recitación»), pero lo que nos ha llegado es un texto intervenido por otras personas. Por si fuera poco, uno de los primeros biógrafos del Profeta, Ibn Ishaq, reconoce incluso que este fue engañado en cierta ocasión por Shaitan y que, al caer en la cuenta días después, ordenó eliminar y sustituir los versos que entonces dictó porque no eran versos divinos, sino satánicos. Dichos versos se referían a tres viejas divinidades todavía adoradas en aquel momento en la Meca, un vestigio indeseable del politeísmo y la idolatría preislámica.

¿Cómo pudo ser engañado el Profeta?, se pregunta Rusdhie. ¿Estuvo motivado el cambio de unos versos por otros por la simple alteración en las circunstancias políticas de entonces o se debió a alguna causa psicológica más profunda y turbadora? Si se trataba de revelaciones de conveniencia en la lucha por el poder la cosa pintaba mal, porque harían de Mahoma un estratega antes que un emisario divino, pero peor resultaba cualquier insinuación sobre su lucidez personal. Un pasaje especialmente problemático del capítulo segundo de la quinta parte de *Los versos satánicos* («una ciudad visible aunque no vista») sugiere esta posibilidad: «Cuando el Profeta, paz a su nombre, recibió la wahi, la Revelación, ¿no temió haber perdido el juicio? ¿Y quién lo tranquilizó con la certidumbre que necesitaba? Quien sino Khadija, su esposa. Ella lo convenció de que no estaba loco de atar, sino que era el mensajero de Dios». La alusión en una tierra donde abundan los espejismos a la posibilidad de que la fe, además de mover montañas, las levante por sí sola, resultaba absolutamente intolerable para los teólogos musulmanes. Una cosa es considerar al Profeta un hombre de su tiempo, con sus naturales vacilaciones y debilidades, y otra, por supuesto, dudar de la claridad de su entendimiento.

LAS REACCIONES

Claro que, para tomar al pie de la letra las palabras de los personajes de la novela o su narrador e identificarlas a continuación con las opiniones del autor, Jomeini tuvo que hacer una jugada prohibida en el ámbito literario: olvidar que el texto de Salman Rusdhie —Satán Rusdhie comenzaron a llamarlo en el mundo musulmán— es una novela, una obra de ficción, y de ficción delirante, que no puede ser leída al pie de la letra, como si se tratara de un contrato o de una sura del Corán. Lamentablemente, la frontera entre lo real y lo imaginario resulta irrelevante para un sistema que percibe en todas partes resonancias sobrenaturales e impone al conjunto de la sociedad una rígida manera de vivir: la *sharía*. De hecho, no fue solo Jomeini quien, aprovechando el estado de sitio moral de su país, cuestionó las libertades que se toman los escritores para hablar a su antojo acerca de cualquier asunto; las autoridades de países afines, dando por válida su reseña crítica, corroboraron, sin molestarse en comprobarla, la tesis de que se trataba de una sátira blasfema cuyo fin era burlarse de lo sagrado (una lectura tendenciosa compartida también por el arzobispo de Canterbury, el rabino jefe sefardí de Israel y varios doctores de la Iglesia Católica). India y Sudáfrica se apresuraron a prohibir *Los versos satánicos*. La censura de estos países no consideró oportuno que los lectores pudieran formarse por sí mismos una idea del contenido del libro. Era una pésima noticia para la libertad, pero poco cabía hacer contra esto. El ayatolá fue, sin embargo, mucho más lejos. A su juicio, la defensa de la religión trasciende las fronteras de la ley y convierte en legítimo verdugo a cualquiera capaz de empuñar la espada vengadora. El islam no reconoce la autonomía jurisdiccional de los Estados. La acata cuando no le queda otro remedio, pero desde su punto de vista la ley civil debe supeditarse a la ley religiosa.

Al conocer el contenido de la fetua, los europeos cultos recordaron al Viejo de la montaña, el reformador religioso del siglo XI que acaudilló a los *hashshashin* (literalmente, los consumidores de hachís, aunque la voz española que procede de ella es «asesino»), secta islámica que introdujo la práctica del asesinato selectivo como estrategia política. Precursores del terrorismo organizado, extendieron su poder a fuerza de crímenes desde la fortaleza de Alamut a buena parte del territorio del Irán actual. Según Marco Polo, los *hashshashin* eran enviados a matar a cuantos se opusieran a la voluntad del líder. Este, para ganar su lealtad, les suministraba drogas y mujeres, de modo que conocieran de primera mano lo que iban a encontrar en el paraíso si caían en acto de servicio. Según la tradición, su sumisión era tal que bastaba una orden suya para que se arrojaran sin dudar al abismo que rodeaba la fortaleza. ¿Leyenda? Seguramente, pues el fanático no precisa más opio que la fe. Que unos sicarios iraníes asaltaran en 1991 la residencia en París del ex-presidente exiliado, Shapur Bajtiar, y lo mataran a cuchilladas revela la persistencia de la barbarie y pone en cuestión la idea de que todos los dioses sean buenos.

La fetua («terrorismo por control remoto» la llama Rusdhie en su libro de memorias, *Joseph Anton*) estaba dirigida directamente contra él e indirectamente contra cualquiera involucrado en la publicación de *Los versos satánicos* (el traductor nipón fue asesinado, el italiano cosido a puñaladas, el editor noruego recibió varios balazos y hubo atentados con bombas en varias librerías), e incluso contra quienes, dentro del horizonte islámico, cometieran el error de disculparla (un influyente imán de Bruselas y su secretario cayeron por defender la libertad de expresión, y no fueron los únicos). Voluntarios para ejecutarla salían de debajo de las piedras, y no solo debido a la expansión del fundamentalismo entre jóvenes musulmanes motivada por la difusión desde las madrazas financiadas con el petróleo de la ideología puritana del wahabismo, sino también por eso que Anthony Burgess llamó en *La naranja mecánica* «glamour del terrorismo», el narcisismo vinculado a la ultraviolencia.

Como era de esperar, algunos occidentales se apresuraron a mostrar su apoyo al ayatolá. Sin llegar al extremo de la iranóloga de Harvard Annemarie Schimmel, abierta partidaria de la fetua, o de Cat Stevens, el músico pop convertido al islam, quien pidió públicamente que la sentencia se cumpliera cuanto antes, varias figuras internacionales de las letras se pronunciaron contra el autor de *Los versos satánicos*: Roald Dahl, John Le Carré, George Steiner, John Berger... Por si fuera poco, instituciones tan notables como la Academia Sueca evitaron condenar la fetua. Tolerancia e independencia intelectual resultaron para ellos valores secundarios comparados con la defensa de las buenas maneras culturales, por describir eufemísticamente la bajada de cerviz que suele acompañar a cualquier amenaza hecha con bombas en la mano. «¿Quién de nosotros sería inmune al incentivo de tratar de seguir viviendo?», se pregunta Clarence Brown en su libro sobre Mandelstam, otro poeta al que el poder, soviético en su caso, aniquiló sin contemplaciones. Pero lo lamentable de la postura defendida por las figuras citadas no fue el temor a las amenazas de la policía del pensamiento, sino la aceptación de la tesis de que el libro era blasfemo, un insulto contra la religión, y la apelación a argumentos y valores multiculturales que, por lo visto, consideraban superiores a la libertad. Años después, Jack

Straw, ministro del interior en el gobierno del laborista Tony Blair, llegó a proponer incluso la ilegalización de la crítica a la religión (le faltó un voto en el Parlamento para lograrlo). La proclividad de la izquierda a la censura moral, que Le Carré describiría cuando le afectó personalmente como «macarthismo a la inversa», llegó al punto de que Salman Rusdhie fuera acusado de islamofobia, como si poner en cuestión la autoridad de un clérigo para condenar a muerte al autor de un libro (un hecho en absoluto aislado) o dudar de la justicia de un régimen paternalista que despoja a las mujeres de sus derechos a la vez que las cubre de velos fuera fruto de una inadecuada educación o una deficiencia psicológica, algo así como una fobia que debería ser tratada en el diván del psiquiatra. En fin, si solidarizarse con un anciano ayatolá herido en sus delicados sentimientos podía ser comprensible en una sociedad tan emotiva como la contemporánea, ¿cómo aceptar que el precio justo de tal ofensa fuera la aniquilación del responsable?

La cultura de la ofensa

En las tres décadas y media transcurridas desde que se dictó la fetua contra Rusdhie –tres décadas y media flotando en un limbo de terror– hasta su apuñalamiento en el condado de Chautauqua, al oeste del Estado de New York, se ha producido en las sociedades democráticas un incremento exponencial de la presencia de los ofendidos en el espacio público. Lo que antes era asunto personal que daba lugar a estúpidos duelos de honor (recuérdense, por ejemplo, las muertes de Galois o Pushkin) se ha convertido en arma política con fuerza suficiente para poner en la picota a cualquiera que se atreva a sacar los pies del canon moral vigente. No se ha llegado al extremo oscurantista de la sentencia de muerte cumplida por sicarios encapuchados y vestidos de negro, pero sí a otras deplorables formas de condenación. Que haya quienes están convencidos de que «la ira es el análisis» (esto reprochaba Carol Smart a ciertos grupos feministas) pone de manifiesto cuán poco cuenta hoy la razón en el orden práctico. La constante presión de los agraviados ha provocado que ya no hagan falta censores. La mayoría de la gente los lleva incorporados como un mecanismo de defensa. Es lo que se conoce como «censura preventiva». Se trata de evitar el campo minado del agravio, y para ello hay dos alternativas: una mayoritaria, pasarse al lado bueno y ejercer de censores, eso que Rusdhie denomina «secularización del fanatismo» –o sea, la tendencia dentro de ciertos sectores laicos a defender sus ideas a la manera de los ulemas y los inquisidores–; y otra difícil y minoritaria, imitar a aquella discípula de Pitágoras que se cortó la lengua para no revelar el agujero de la teoría matemática del maestro: la irracionalidad de la hipotenusa respecto al triángulo rectángulo de lado uno.

El ofendido solo necesita para serlo sentirse así, y puesto que la ofensa es un daño y todo daño exige una compensación, basta con el sentimiento subjetivo para convertirse en víctima. Las consecuencias son enormes. En un extremo, tenemos el sentimiento de un viejo clérigo que pide la aniquilación del ofensor; en el otro, a los agraviados capaces de reclamar la retirada de una pintura del museo o la corrección de una obra literaria que hiere su hiperdelicada sensibilidad. Rusdhie no yerra al decir, refiriéndose a la pretensión de erradicar del lenguaje palabras consideradas hirientes, que estamos viviendo hoy una lucha entre quienes poseen sentido del humor y quienes no. Christopher Hitchens tenía una idea parecida cuando habló de lucha entre la «mente irónica» y la «mente literal». El humor, la ironía, implica distancia, capacidad para situarse en la tierra de nadie que los antiguos filósofos llamaban «sentido común», pero esto es precisamente lo que jamás harán fanáticos y puritanos, gente que vive confinada en el poco ventilado sótano de sus dogmas y para los que solamente existe un espacio de discusión, el suyo propio. Por eso los regímenes teocráticos y totalitarios rechazan la sátira. Para satirizar hay que situarse fuera y desde ahí cuestionar lo de dentro, pero estar fuera significa, a su juicio, carecer de legitimidad. Fuera es el ámbito del heterodoxo, del infiel, del enemigo. Como tampoco cabe en tales regímenes otra forma de introspección que no sea la recriminación paternalista, la crítica resulta imposible; y si surge, se la atribuye a intervenciones demoníacas o a intrigas de agentes extranjeros. El estalinismo nos ilustró sobradamente acerca de lo que significa la llamada «autocrítica»: una pantomima de reafirmación. La ortodoxia religiosa o ideológica no admite posturas intermedias. De ahí la abundancia en sus filas de filisteos, gente dotada de un infalible instinto para detectar la disidencia bajo cualquier ademán o palabra y para aplaudir, llegado el momento, como «acto de justicia» lo que a menudo suele ser un simple ajuste de cuentas, un crimen.

Que un hombre deba ser asesinado porque sus ideas chocan con las que defiende la autoridad religiosa es algo que solo puede aceptar sin rechistar una persona privada del don del pensamiento libre. Esto es algo que ocurre a menudo allí donde impera la concepción de la vida de los clérigos, gremio del que forman parte también comisarios políticos e intelectuales comprometidos, es decir, cualquiera que esté a las órdenes de un comité central o un líder infalible. La pregunta es: ¿por qué esa necesidad de imponer sus ideas si poseen, como dicen, la verdad? ¿Acaso la verdad necesita de la violencia para imponerse? ¿No es más bien la mentira la que prospera gracias a ella?

Nada más opuesto al estilo clerical que la literatura. Su ambición última es abrir el mundo, dejar que la luz penetre en él, esclarecerlo. El escritor que lo es de verdad trabaja contra la estrechez, la beatería, el prejuicio, las polaridades simplistas. Frente a la tendencia a separar y dividir, a buscar identidades excluyentes, su esfuerzo se dirige a ensanchar el horizonte y hacer posible la multiplicidad de las perspectivas. El lector que ha sido Aquiles, don Quijote, Madame Bovary o Gregor Samsa sabe a lo que me refiero. Esa plasticidad incomoda, sin embargo, a quienes ciñen su vida al espacio amurallado de unos cuantos dogmas. Por eso se esfuerzan tanto en generar a su alrededor un clima de temor que permita acusar de blasfemia a cualquiera que se atreva a cuestionarlos.

Los versos satánicos de Rusdhie relatan el nacimiento poco glorioso del islam. Despojada de los elementos míticos con los que suele adornarse, la historia de Mahoma no encierra ninguna singularidad especial. Es *El evangelio según Mateo* de Passolini o *El reino* de Carrere, esto es, una serie de hechos corrientes que solo a la larga cobraron significación histórica. Lo que hizo que la reacción contra la novela fuera tan feroz no es tanto el elemento de impiedad que contiene –un pasaje en el que las mujeres de un prostíbulo se llaman igual que las esposas del Profeta u otro en el que sus clientes dan vueltas alrededor del establecimiento al modo en que dan vueltas los peregrinos musulmanes alrededor de La Kaaba– como el hecho de que muestre de manera indirecta que la revolución de Jomeini fue, en realidad, una rebelión contra la Historia, no contra la tiranía encarnada por el Sha. Con «historia» no me refiero aquí a la interpretación del pasado, fuente de sus principios morales, sino al devenir cambiante de la humanidad. «La Historia es el tóxico, la creación y posesión del diablo, del gran Shaitan, la mayor de las mentiras –progreso, ciencia, derechos …». Jomeini no estaba en contra de la libertad de expresión, que apenas le preocupaba porque ni siquiera entraba en sus consideraciones; de lo que era enemigo es de la libertad de conciencia, del derecho a tener una opinión propia, incluso equivocada, sobre los asuntos que a uno le conciernen. En los Estados totalitarios, y la teocracia islámica reúne todos los requisitos para pertenecer a ese club, el derecho a pensar no existe. Solo se puede pensar lo autorizado por las autoridades, la palabra de dios. Dado que la conciencia no es una equivocación en el diseño del creador, sino un efecto de la perversidad de la criatura, defender la libertad de conciencia es lo opuesto a la voluntad de aplastarla. «La Historia es una desviación del camino, el conocimiento es una ilusión, porque la suma del conocimiento se completó el día que Alá terminó de revelarse a Mahoma».

Pese a echar mano de todos los recursos propios de la novela contemporánea (el rechazo de la trama lineal con principio, nudo y desenlace, la beligerante relación con un sistema lingüístico que se considera superpuesto arbitrariamente a la realidad externa, la negación del yo como algo estable y bien definido, el recurso a un narrador poco fiable, etcétera), Rusdhie ha sabido combinar la imaginación de un hijo de *Las mil y una noches* y el sentido del orden de un seguidor de *El discurso del método*. Su magistral mezcla de lo oriental y lo occidental le ha permitido crear una literatura sorprendente. Por desgracia, su prestigio ha dependido más de su condición de víctima del fanatismo que de su genio literario. Cuando en *El último suspiro del moro* dice el protagonista que hubiera querido ser Clark Kent antes que Superman, el lector no puede dejar de experimentar también en sus carnes la trágica fatiga que debía producirle al autor cargar con el destino que le tocó en suerte. Su origen musulmán ha dificultado su voluntad de vivir libremente, atravesando sin necesidad de pasaporte las fronteras impuestas por la religión, la cultura y la historia. Convertido en un villano, ha ido creando, sin embargo, mundos de riqueza maravillosa en los que, al decir de sus detractores, está del todo ausente lo divino. Esto es precisamente lo demoníaco de su obra desde la perspectiva del fundamentalismo islámico: que haya tratado de suplantar con su imaginación la fe que ilumina a los fieles.

Ahora bien, lo que en realidad ha combatido Rusdhie ha sido la ignorancia. Esta es su principal y auténtica enemiga. Igual que ha irritado a los intérpretes dogmáticos del islam, ha molestado a los populistas indios o a los posmodernos norteamericanos. Su prosa ha sido con relación a esto incluso más hiriente. La diferencia a efectos públicos es el eco producido y la respuesta de los afectados. Solo algunos han empuñado el cuchillo, justo aquellos que parecen tener más dificultades para adaptarse a una existencia social sin límites fuertemente protegidos, gente convencida de que la única manera de vivir una vida de verdad es someterse a ellos. El autor de *Los versos satánicos* comparte con no pocos pensadores de hoy la idea de que toda identidad es, en el fondo, una ficción, pero eso no significa que las desprecie –¿cómo iba a despreciar el poder de la ficción alguien que escribe novelas?–, sino que exige apropiarse lúcidamente de ellas a fin de evitar la rigidez letal que representa, por ejemplo, la negra figura de Jomeini. Quienes se empeñan en buscar diferencias entre unos seres humanos y otros suelen olvidar que todos compartimos la conciencia de nuestra muerte inevitable. Esto une más que cualquiera de las cosas que mencionamos para separarnos, solo que, como no nos gusta pensar en ello, preferimos apartarlo de la vista.

Coetzee y los animales

Víctimas y verdugos

«¿Es posible que las generaciones futuras contemplen nuestra producción de comida y nuestras prácticas alimentarias aproximadamente como ahora contemplamos los espectáculos de Nerón o los experimentos de Mengele?». Esto se preguntaba David F. Wallace en *Hablemos de langostas*, un artículo de 2003 dedicado al Festival anual de la langosta de Maine. El novelista admitía allí que la cuestión puede parecer extrema, pero advertía también que esa impresión quizá se deba al peso de ciertos supuestos sobre los que rara vez pensamos y sobre los que casi nunca deseamos pensar, pues siempre será más cómodo para un carnívoro dar por sentado que los animales son moralmente menos importantes que él.

La costumbre es echar vivas a las langostas a la olla de agua hirviendo. Gourmets y gastrónomos lo recomiendan. Con ese fin se las mantiene en unos contenedores llenos de agua de mar. Las langostas, debido al estrés del cautiverio, tienden a atacarse unas a otras. Para impedir que se destrocen, se sujetan sus pinzas con bandas elásticas[1]. Algo parecido se hace en las factorías avícolas, donde se despoja del pico a los pollos para caldo y a las gallinas ponedoras. Encerradas en espacios reducidos, las gallinas se vuelven a menudo locas, igual que los cerdos confinados en factorías porcinas (generalmente se les corta el rabo a fin de impedir que se

---

[1] Las langostas no tienen pinzas, a diferencia de los bogavantes. Wallace se refiere sin duda a estos, pero como el término inglés *lobster* se aplica a ambos y su texto, *Consider the lobster*, se tradujo como *Hablemos de langostas*, he preferido mantener aquí la confusión.

los arranquen a mordiscos) y otros animales a los que se explota industrialmente. Gracias a tales precauciones comemos carne millones de seres humanos.

El hombre actual imagina poder disponer de los animales como dispone de los materiales que encuentra a su alrededor. Hace mucho que ha dejado de escuchar sus lamentos. Tanto es así que ni siquiera baraja la posibilidad de que sufran. El silencio de los animales, la pérdida de resonancia de la naturaleza, es un fenómeno paralelo a la ceguera desaprensiva de una especie que explota cuanto le rodea y convierte la tierra en un vertedero. Desde que las armas de fuego los pusieron a nuestra merced, los animales son poco menos que nada. Ellos lo ignoran. Aunque se compara nuestra inteligencia con la suya, viven sin advertir lo que les ha caído encima. Elizabeth Costello, la protagonista del libro de Coetzee que lleva su nombre por título, lo comprueba en la isla Macquarie. El barco en que viaja se detiene en mitad de la noche y ella sale a cubierta para ver qué ocurre. El mar está lleno de criaturas de lomo brillante que saltan y se sumergen en el oleaje. «Pingüinos –grita alguien a su lado. Vienen a saludarnos. No saben qué somos». «¡Inocentes!», exclama ella. La isla Macquarie fue desde el siglo XIX un centro de la industria de los pingüinos. Allí se los azotaba a palos para que subieran a una pasarela y se arrojaran a un gigantesco caldero de agua en ebullición. Por lo visto no recuerdan nada de esto; es como si vivieran en el paraíso, lejos de la conciencia de la que depende nuestra experiencia del tiempo.

Y es que los animales, a diferencia del hombre, carecen de historia. Ellos no han sido expulsados de la naturaleza. Hasta el diluvio coexistieron incluso con nosotros en un régimen vegetariano. Luego Dios otorgó a Noé y sus descendientes el derecho a comer la carne del resto de los seres vivos. «Como pasto os lo doy todo», dijo. ¿Qué clase de relación habían mantenido con los hombres antes de ese día? Resulta difícil saberlo. En la isla de los pingüinos, Costello tropieza con un albatros gigantesco y su cría. Es un instante de armonía (nada que ver con los episodios protagonizados por los albatros de Coleridge y Baudelaire en *La balada del viejo marinero* y *Las flores del mal*), que la lleva a imaginar durante un instante la posibilidad de que hombres y animales puedan convivir en paz. «Así debía ser antes de la caída», piensa ingenuamente.

Pero si hubo un paraíso, un lugar donde todo encajaba, incluidos nosotros, ya no lo recordamos. El animal está ahí simplemente para que el hombre se sirva de él a su antojo. Incluso aunque Dios no tuviera nada que ver con esto, la naturaleza parece haber dispuesto las cosas así. ¿Qué sentido puede tener preocuparse de un crustáceo marino sin cerebro ni espina dorsal que no siente eso que los mamíferos superiores llamamos «dolor»? El nervioso manoteo de las langostas tratando de escapar del recipiente lleno de agua hirviendo quizá sea solo un reflejo. Pero ¿y si aciertan quienes afirman que la recepción del dolor no va siempre acompañada de una experiencia mental? ¿Podemos basar nuestras creencias acerca de cómo obrar con los animales en los viejos prejuicios de Descartes y Malebranche?

Los gourmets a los que se dirige la revista donde publicó Wallace su artículo sobre las langostas no suelen preguntarse por el sufrimiento de los animales que comen. ¿Qué clase de convenciones éticas han adoptado para soslayar la cuestión? El gourmet podría responder diciendo que una cosa es ocuparse de la comida y otra perderse en especulaciones en torno a ella. Igual que cualquier otra criatura, su intención es evitar el dolor y conseguir el placer, sin arruinarlo disputando acerca de asuntos que la naturaleza ha dejado claros. Los depredadores, entre los cuales ocupamos un puesto destacado, no acostumbran a meditar sobre sus presas como víctimas inocentes. Esto es contrario al instinto, el piloto automático de la naturaleza. Nadie reprocha al león serlo. ¿Por qué se censura entonces al hombre y se le exige avanzar moralmente, trascender los límites de su naturaleza, instaurar una suerte de hermandad universal con el resto de las criaturas? ¿Acaso está en sus manos retornar a la situación prediluviana? ¿No serán las reflexiones éticas sobre los derechos de los animales un producto del lujo, la típica cuestión que únicamente puede plantearse una sociedad con excedentes?

Elizabeth Costello

Coetzee ganó el premio Nobel en 2003. Ese año publicó *Elizabeth Costello*, una novela atípica, compuesta por ocho relatos y un epílogo. Su protagonista es una mujer septuagenaria que recorre el mundo impartiendo conferencias. Dos de ellas, publicadas por primera vez en 1999, tratan de la cuestión animal y del vegetarianismo. Es muy difícil saber si las opiniones de Costello son las del propio Coetzee. Que ella sea uno de esos personajes moralmente comprometidos que tanto le atraen como narrador no autoriza a hacer deducciones aventuradas.

Lo que sí está claro es que Elizabeth Costello no pertenece al grupo de gourmets indiferentes que antes mencionamos. Su caso es el opuesto. Ella no duda respecto de lo que hay tras la indiferencia. De hecho, equipara la actitud de los vecinos del campo de Treblinka a la de las personas que se hacen los tontos cuando se habla del trato que se da a los animales en granjas y laboratorios. El crimen de los alemanes no consistió solo y simplemente en tratar a la gente con crueldad, sino en desentenderse de esa crueldad, no considerarla siquiera crueldad. Para Costello resulta inconcebible que personas que adoptaron aquella ignorancia voluntaria sean consideradas íntegramente humanas. Nosotros, sin embargo, mostramos una actitud similar frente a los atropellos que sufren los animales. Estamos rodeados de una industria que cría animales para matarlos y que, en cierto sentido, es peor que los campos de exterminio porque a la crueldad añade el hecho de que trate a las víctimas como si fueran materia prima. La tesis de que necesitamos comer no es suficiente para invalidar lo anterior. Se apela a motivos nutritivos, pero el exterminio rebasa con mucho las necesidades alimenticias de la humanidad, al menos de aquella parte de la humanidad que come regularmente. Es como si un nazi pidiera ser exculpado de la matanza de judíos con la excusa de que necesitaba jabón. ¿No se oculta bajo el nombre de supervivencia algo que desde hace mucho guarda relación solo con balances y beneficios?

El hombre contemporáneo inflige una violencia industrial sobre los animales. Su avidez no conoce compasión. Allí donde imperan las fuerzas tecnológicas lo único que cuentan son los beneficios. El derribo a palos de las focas sobre los bancos de hielo o la tortura de las cobayas en los laboratorios resultan piadosos comparados con el trato que se les da hoy en las granjas. Elizabeth Costello no es la primera en invocar los campos de exterminio. Marguerite Yourcenar lo hizo en un artículo de 1972: *Une civilisation à cloisons étanches*. Compartimentos estancos son los lugares donde se confina a los animales para explotarlos y los prejuicios que favorecen la indiferencia de quienes los devoran. La escritora francesa cree que el hombre no se compadece de los males de los que no tiene experiencia directa y que, por eso, se levantan hoy los mataderos en el extrarradio de las ciudades. Aunque el mal suela identificarse con la indiferencia hacia el sufrimiento, este no incluye a los animales, a los que tenemos por criaturas sin alma, máquinas animadas sobre las que no cabe proyectar ninguna piedad. Conmoverse porque se maltrata a una gallina es para nosotros tan ridículo como llorar porque alguien clava algo en un leño. En la antigua Grecia se hubieran asombrado con esto.

Entonces se pensaba que el animal, siendo radicalmente diferente del hombre, comparte con él la sensibilidad, la aptitud para sentir placer o dolor. La idea de que son solo mecanismos complejos es deudora de la identificación moderna del alma con los procesos mentales, irreductibles a lo físico. Descartes, Malebranche y otros pensadores negaron que los animales tuvieran alma, situándolos así más cerca de la materia inerte o de los artefactos que de la vida sensible. Hoy, como también los procesos mentales se explican físicamente, la ciencia concibe al hombre como antaño al animal. La animalización del hombre ha producido una humanización del animal. El resultado, sostiene José Lasaga en *Testigos animales*, es una especie de envidia alimentada por la idea de que ellos viven en el eterno presente del instinto mientras nosotros vivimos en el pasado y el futuro, fuente de la culpa y del miedo. Dicho sentimiento nos habría llevado a protegerlos de nosotros mismos y a asignarles cualidades que favorecen la tendencia a pasar por alto lo que nos distingue. Nada de lo cual es óbice para que se les explote industrialmente. ¿Acaso no padecemos también nosotros los efectos perniciosos de nuestra incurable avidez?

El conde de Buffon decía que de no existir los animales, la naturaleza humana sería incluso más incomprensible de lo que ya es. Es por comparación con el resto de los seres vivos que se nos hace patente nuestra peculiaridad. Mientras que ellos viven sumidos en la naturaleza y los ciclos naturales, sin sentirse frustrados con su situación ni desear mejorarla, el hombre da la impresión de soñar siempre con ser otra cosa. Descontento de lo que es, no solo permanece en guerra con el resto de las criaturas, sino también consigo mismo. A este desajuste interior, al conflicto entre lo que es y lo que puede ser, lo llamaron en Grecia *psyché*. La filosofía, entendida como cuidado del alma (*terapeia tes psyches*), buscó la reconciliación del ser y el poder ser bajo el concepto de virtud. El cristianismo, en cambio, predicó la salvación del alma, la supeditación del ser al poder de ser, de la vida terrenal a la vida celestial, y los pensadores de la época moderna concluyeron que la confrontación entre el ser y el poder de ser era un engaño. Tanto la alienación como la neurosis, males característicos de la modernidad, son consecuencia de la mitificación del alma, de la creencia en que el hombre es siempre más de lo que ya es. No se trata, pues, de resolver el desajuste interior del hombre, sino de disolverlo: quedarse con la porción irreductible de la persona, renunciar al poder de ser en nombre del ser. Por eso el animal como modelo: en él no existe una tendencia a ir más allá de sí. La voluntad de poder, el instinto sexual, la lucha por la vida, como quiera que se caractericen los impulsos del animal hombre, generan un falso mundo que lo trastorna. Lo dijo Rousseau: «el hombre nace libre, pero en todas partes vive encadenado». Aceptar la inquietud perpetua en un mundo caótico es la única forma de sobreponerse a ella. Nietzsche encuentra esa tarea como posibilidad fuera del hombre conocido en el superhombre, aquel que acepta su animalidad, su intrascendencia.

No es este, sin embargo, el planteamiento de Costello. Sus ideas están más cerca de la religión que de la filosofía. El estilo intelectual de abordar los asuntos no le interesa. Apenas debe sorprendernos que sea así porque ella, como Coetzee, es escritora. «Hago imitaciones», declara con ironía. Acaba de ser premiada por una universidad y va a dictar dos conferencias de agradecimiento. El tema: la vida de los animales. Sus tesis son radicales. Coetzee, admirador confeso de Dostoyevski, siente predilección por las figuras de fuertes convicciones morales, capaces de llegar hasta el final. Pensemos en el viejo magistrado de *Esperando a los bárbaros* (un hombre que asume sin que nadie se lo pida la responsabilidad por las atrocidades de los suyos), o en la señora Curren de *La edad de hierro* (la profesora aquejada de cáncer que no duda en hacerse cargo de un vagabundo alcohólico y de su perro). «Si tuviese que elegir entre contar una historia y hacer algo bueno» –dice Elizabeth Costello– «preferiría hacer algo bueno». No hay aquí nada de esa ironía característica del mundo contemporáneo que relativiza los problemas juzgándolos desde una distancia devaluada, objetiva, científica.

LOS ANIMALES Y EL HOMBRE

La primera de las conferencias se titula «Los filósofos y los animales». Pese al título, la oradora evita cuidadosamente los dos problemas filosóficos clásicos respecto de los animales: el problema ontológico de si poseen alma o, por contra, son autómatas biológicos, y el ético de si tienen derechos o somos nosotros los que tenemos deberes hacia ellos. Aunque echa en cara a Tomás de Aquino haber concebido la creación como algo racional y haber excluido al animal de dicha racionalidad, caracterizándolo como material al servicio del hombre, y a Kant no haber sido capaz de extraer todas las consecuencias a la idea de que la razón no es el ser del mundo, sino de nuestra experiencia del mundo, Costello no desea filosofar sobre el tema. De hecho, piensa que someter el discurso sobre los animales a la razón es algo problemático porque la razón solo refleja el modo humano de ver las cosas, y para ser más precisos, una tendencia o una modalidad de su pensamiento, ni siquiera la única. La razón, dice, ha implantado una suerte de totalitarismo que desecha cualquier voz que no sea la suya y esto impide considerar con suficiente radicalidad la cuestión.

La conferencia arranca con una referencia a un relato de Kafka donde un simio culto explica su ascenso desde el reino de las bestias. El simio no pretende ser tratado como hombre, pero necesita, por decirlo así, exhibir su herida. ¿Qué herida? La causada por el paso del silencio del reino de las bestias al galimatías de la razón. Costello, para explicar ese paso, se sirve de las investigaciones de

Köhler. Este sometió a varios simios a un severo adiestramiento para ver cómo resolvían los problemas. Costello enumera las dificultades que debían superar en el curso del experimento y subraya el hecho de que se suponga que la única forma válida de responder es la humana. Si el animal hace lo que hay que hacer según nuestros patrones, decimos que responde inteligentemente, que es inteligente. No es un asunto nuevo. Nagel lo planteó en su artículo «¿Cómo es ser murciélago?». Su respuesta fue que no hay manera de saberlo. Sabemos en qué consiste obrar como murciélago, no qué cosa sea serlo. Costello discrepa. Por diferente que sea ser hombre y ser murciélago, se trata en última instancia de ser, de ser o estar vivos, y eso sí que sabemos qué es. Nosotros estamos vivos al modo del hombre, el murciélago al del murciélago. Eso es lo que cuestionó el racionalismo, cuando sostenía que el animal está vivo a la manera de la máquina y el hombre a la del alma. El racionalista rechaza que el animal sea un ser que goza de su ser vivo: lo ve como una especie de aparato encendido. *Cogito ergo sum*, esa es la diferencia. El hombre es un alma, no una máquina, pues sabe (al modo humano, o sea: razonando) que está vivo; los animales son máquinas y no almas porque no saben (a la manera humana) que están vivos. Costello contrapone a la conciencia la sensación de ser, y da por descontado que esta es superior a aquella. ¿Acaso no fue la conciencia la que nos sacó del paraíso? ¿O es que también vamos a concebir el paraíso como un escenario poblado de máquinas dirigidas por un Dios que se limita a dar cuerda a sus criaturas?

Costello admite que se han producido cambios en los últimos tiempos motivados por la teoría de la evolución, pero no cree que se haya avanzado demasiado en nuestra comprensión de la vida animal. El continuo evolutivo no anula la idea inveterada de una discontinuidad ontológica. Sus interlocutores han abandonado el cartesianismo, aunque continuan considerando al animal como algo diferente de nosotros. Estamos muy lejos de la tesis órfica según la cual hombre y animal son esencialmente lo mismo. Los órficos estaban convencidos de que el alma no muere, sino que pasa de un ser a otro, y que el maltrato de cualquier criatura o su sacrificio constituye un acto infame. Porfirio sostuvo esta tesis en *De abstinentia ab usu animalium*. Romanos y cristianos la rechazaron, convencidos de la supremacía ontológica del hombre. Pocos han discutido después esto.

Bernard Malamud plantea el mismo problema en su novela *La gracia de Dios*. El cataclismo nuclear se ha producido. Solo queda un hombre en la Tierra. Incluso Dios se extraña de que se haya salvado. Con él han sobrevivido un gorila y varios chimpancés. Juntos viven en una isla que es como su arca. La convivencia, facilitada por el hecho de que uno de los chimpancés fue objeto de un experimento quirúrgico que le permite hablar, acaba siendo imposible. El sueño de que hombres y animales coexistan como iguales, un proyecto que asume el superviviente humano como un nuevo principio, choca con la naturaleza. El deseo sexual y la voluntad de poder es demasiado fuerte en los animales para permitir una elevación. Por más que se hable de cultura animal, entre ellos lo que nunca habría es cultura, si la entendemos como una evolución basada en la interiorización de los logros de los antepasados.

Elizabeth Costello prefiere por eso volver a los campos de exterminio. El verdadero horror de lo que ocurrió allí no es que los asesinos maltrataran a sus víctimas como lo hicieron, sino que se negaran a ponerse en su lugar. La compasión es la auténtica clave. Compadecerse es ver al otro, incluido el animal, como si fuera uno, yo mismo. «Ama al prójimo como a ti mismo», enseñó Cristo. No hay límites en esto. «La medida del amor es carecer de medida», decía Agustín. Costello lo formula casi igual: «la imaginación compasiva no tiene topes». La literatura se alimenta de ella. Ahora bien, la mayor parte de la gente no quiere saber nada de esto. A nuestro alrededor, cada día, invariablemente, acontece un holocausto animal, pero apenas nos sentimos dolidos ni contaminados por ello. Aunque cueste creer que la gente que se encogió de hombros sabiendo lo que estaba sucediendo en Auschwitz y Treblinka pudiera conciliar el sueño, lo cierto es que pudieron.

Esta es la conclusión del primer discurso. Un miembro del público pregunta a Costello a dónde quiere llegar. ¿Se trata de cerrar las granjas industriales, de obrar con los animales de forma humanitaria, de no experimentar con ellos? Ella evita formular prescripciones. Hay que abrir el corazón, oír simplemente lo que dice. ¿Acaso sueña con la profecía de Isaías y espera que un día sean vecinos el lobo y el cordero? No podemos saberlo. Coetzee aplaza el problema a la cena que se celebra esa noche. Narrativamente la decisión constituye un acierto. Se produce un aumento de la tensión dramática. ¿Qué servirán en un banquete en honor a una persona con las ideas de Elizabeth Costello? ¿Qué responderá ella cuando le pregunten por qué adoptó el vegetarianismo? Su hijo, profesor de la universidad, teme que acuda a la salida que suelen llamar en familia «respuesta de Plutarco»: «Me pregunta usted por qué me niego a consumir carne. A mí me asombra que usted pueda meterse en la boca el cadáver de un animal muerto, me asombra que no le dé asco masticar carne cortada y tragarse los jugos de heridas mortales». La cena, no obstante, se desarrolla plácidamente y el debate, aunque acaba con el cuestionamiento de la posición de la protagonista, toma una dirección inesperada.

La conversación gira en torno a las relaciones entre los animales y la religión. Se dice que las comunidades religiosas se definieron en términos de prohibiciones dietéticas y que los conceptos de «puro» e «impuro» están estrechamente relacionados con los de limpieza y suciedad. Suciedad y vergüenza son rasgos que definen al animal frente al hombre. Este no copula en público y oculta sus excrementos. La repugnancia explicaría por qué los hombres no se comen a todos los animales o por qué adoptan precauciones antes de hacerlo. Durante siglos la matanza fue un ritual, un sacrificio en el que se cedía algo a los dioses. Claro que también esas distinciones pueden haber surgido como respuesta al interés del grupo por separase del resto de los seres humanos, presentándose como «el pueblo elegido». La abstinencia podría ser una forma encubierta de superioridad, un instrumento de poder. Así lo pensó Nietzsche. ¿Es acaso esto lo que hay tras la actitud de Costello? Ella, que ha permanecido en silencio, se defiende diciendo que no se trata de poder, sino de salvar el alma. El hombre está perdido en la creación a consecuencia del pecado, de la caída en la conciencia. La única forma que tiene de salvarse es trascenderla, ir más allá de los límites de la identidad y la lógica. Amor y compasión salvan el alma, confieren sentido al quehacer humano. Nuevamente Cristo, aunque nadie lo haya mencionado hasta el momento.

El grueso de las objeciones a la argumentación de Costello aparecen en otro capítulo y otra situación. Los personajes son otros. Primero su hijo y su nuera, filósofa de profesión. La nuera cuestiona la tesis de que las explicaciones racionales sean consecuencia de la estructura de la mente humana y, por tanto, que haya tantas formas de interpretar la realidad como tipos de seres. Defensora de un sentido fuerte de la racionalidad, ese que lleva a creer que lo real coincide con el conocimiento científico, considera inválida la argumentación de su suegra. También la rechaza, aunque por otros motivos, un profesor judío que envía una carta excusándose por no acudir a la cena, alegando que para las víctimas del horror nazi es insultante que se compare lo ocurrido en los campos de exterminio con la aniquilación del ganado en los mataderos. «Que a los judíos se los tratara como ganado no quiere decir que al ganado se le trate como a judíos. Esa inversión es un insulto al recuerdo de los muertos». Ninguno de los argumentos se discute, como si ambos estuvieran muy lejos de la cuestión, tan lejos que ni siquiera alcanzan a tocarla, aunque sí lo hacen.

La segunda conferencia, dedicada a los poetas y los animales, no la conocemos entera. El narrador nos informa desde el momento en que el hijo de Costello ingresa en la sala. El acto ha empezado y la conferenciante habla de poesía que representa cualidades humanas a través de animales. Se apoya en tres poemas que ha repartido previamente entre el público: uno de Rilke («La pantera») y dos de Hugues («El jaguar» y «Segunda mirada al jaguar»), y compara la diversa manera que ambos tienen de abordar la vida animal. A Costello le interesa particularmente la poesía de Hugues porque ve en ella un esfuerzo por alcanzar cierta unión con el animal, no una simple idea de él. Por supuesto, los animales son indiferentes a esto, no participan del poema. La postura de Hugues podría llamarse «primitivismo»: la celebración de lo primitivo en la línea de Blake o Hemingway. Caza y tauromaquia, la transformación de la matanza en ritual, como alternativa a la explotación industrial. Pero ¿cómo alimentar a la humanidad de esa forma? Carecemos de tiempo para respetar y honrar a los animales que necesitamos. El primitivismo resulta poco práctico.

Igual le ocurre al ecologismo, con el que tiene en común más de lo que parece. Ambas tendencias ven a cada animal concreto como un caso dentro de un género. En la plaza se mata a este toro, pero solo en cuanto representa al toro en general. Igualmente, el ecologista considera más relevante el todo que la parte y cifra la relevancia de los animales en el papel que juegan en el contexto general de la vida. La idea de un orden más elevado que cualquier criatura, accesible solo a la inteligencia humana, se convierte paradójicamente en la principal defensa del animal. Algo similar llevó al partido comunista soviético a acabar con miles de individuos, incluidos sus correligionarios, bajo el pretexto de alcanzar los ideales de justicia que solamente ellos estaban en condiciones de definir. Únicamente quienes conocen el equilibrio que debe regir en la naturaleza pueden fijar, por ejemplo, la cantidad de ciervos que conviene cazar. Pero ¿de veras lo conocen?

Costello reprocha al ecologismo lo mismo que a la filosofía: que su concepción del animal se funda en una idea que no puede entender ninguna criatura salvo el hombre. El solipsismo es inevitable mientras las cosas giren en torno a nosotros. ¿Hay acaso forma de impedirlo? Nadie se puede desprender de su propia naturaleza. Un naturalista que dedicó gran parte de su vida a observar las aves y que se acercó tal vez más que nadie a los límites de la visión humana, J. A. Baker, se preguntaba en *The peregrine* si seríamos capaces de soportar la visión clara del mundo animal. Costello olvida que los animales también matan y que hacer algo sentimental con esto resulta tan inconveniente como adoptar un racionalismo furibundo. Uno puede creer que la razón se ha convertido en «el enemigo más contumaz del pensamiento» (Heidegger) o tratar a la razón como si fuera un prejuicio, pero ¿basta con eso para escapar de la condición humana? En fin, y llegados a este punto, ¿no sería mejor aceptar nuestra humanidad, admitir simplemente que somos seres omnívoros que explotamos a otras especies? ¿Acaso tenemos derecho a culpar a la naturaleza de la que formamos parte de que sus leyes no concuerden con nuestros principios morales? Costello no lo cree y para ilustrarlo se sirve de Swift (el episodio en el que Gulliver visita el país de los houyhnhnms –racionales, vegetarianos, limpios– y los yahoos –sucios, bestiales, carnívoros) y su hipótesis de que aceptar la condición humana (Gulliver es con relación a los houyhnhnms y los yahoos lo que el hombre de la antigua Grecia respecto de dioses y bestias) implica de algún modo acabar con los dioses y, por lo tanto, hacer caer la maldición sobre nosotros mismos. ¿Estamos ante un callejón sin salida?

La visita de Costello termina con un debate. Su oponente es profesor titular de filosofía y presenta tres objeciones a sus tesis.

La primera es que los filósofos modernos no fueron los inventores de la idea de que los animales pertenecen a un orden distinto de la humanidad, sino de la de que hay que ser compasivos con ellos. Bajo tal idea subyace, sin embargo, un supuesto sospechoso: que los occidentales tenemos acceso a un universal ético al que otras tradiciones son ciegas y que de alguna forma debemos imponerles. Costello responde diciendo que ha habido una evolución en el conocimiento de la naturaleza animal y en la actitud hacia ellos, y que el hecho de que esa evolución haya tenido lugar en Occidente no significa que no deba asumirse en otras partes, igual que ocurrió con los derechos humanos.

El profesor duda, no obstante, de que la idea de continuidad biológica que sirve hoy para hablar de estos asuntos justifique la afirmación de que hombres y animales pertenecen a un mismo reino. Rechaza que el animal pueda gozar de derechos legales y encuentra mejor, pensando en normas para regular nuestro trato con ellos, hablar de deberes humanos. Costello no niega la diferencia, sino las jerarquías que se forjan a partir de ellas. Todos los seres vivos están igualmente dotados para hacer «su vida».

Sin embargo, para el filósofo hay una diferencia fundamental entre ellos y nosotros: la conciencia de la propia muerte. El hombre teme a la muerte. Ese temor no existe en el animal. Para el animal morir es algo que pasa, contra lo que lucha si puede, pero contra lo que no se revuelve anímicamente. De ahí que no se pueda poner en el mismo nivel al carnicero que mata un pollo y al verdugo que siega una vida humana. Matar animales es legítimo, los necesitamos. La humanidad no podría sobrevivir dejándolos vivir al margen de toda depredación. Lo que no es legítimo es maltratarlos. Costello admite que a la lucha del animal por su propia vida le falta, en efecto, la dimensión de horror imaginativo, intelectual, pero eso no significa que no sienta temor a la muerte, sino que ese temor es, por así decir, exclusivamente carnal. La tesis de que al animal no le importa su muerte le parece abominable. Aunque da la impresión de interpretar la conciencia humana de la muerte como indicio de superioridad –una opinión nada evidente, al menos para alguien como Rilke, quien atribuyó a esta conciencia el hecho de que «nosotros veamos futuros donde ellos ven totalidad»–, Costello evita de nuevo discutirlo. Toda discusión reposa en el supuesto de que existe una posibilidad de acuerdo y el problema, para ella, es que la lógica, fundamento último de la tradición filosófica, rechaza la vecindad entre humanos y animales. La lógica es el dominio de un ser que come carne y esto vicia a su juicio la cuestión. ¿Debemos renunciar a la lógica en nombre del animal, prescindir de la razón en nombre de una nueva fe?

¿El camino de la fe?

Elizabeth Costello cree que la condición para pensar al animal es un pensamiento que empatice con él. Se trata de una idea curiosa porque al mismo tiempo demanda el pensamiento y lo rechaza. Esto no es algo nuevo en la historia occidental. El cristianismo ha practicado este método casi desde su origen: servirse de la razón para refutar a la razón.

La apelación al cristianismo no es aquí un capricho. Elizabeth tiene una hermana monja, doctora en lenguas clásicas, que dirige un hospital en Zululandia. También ella ha sido invitada a pronunciar un discurso en la ceremonia de graduación de una universidad. Elizabeth acude a escucharla. Su tesis fundamental es que las humanidades se desviaron del camino cuando olvidaron su propósito inicial de recuperar el verdadero mensaje de la Biblia, convirtiendo el estudio de las lenguas y autores clásicos en un fin en sí mismo. Fruto de ello fue la pérdida de la palabra redentora.

Aunque Elizabeth juzga demasiado radical esta tesis, entiende lo que su hermana quiere decir. El evangelio no es simplemente un texto. Para comprobarlo basta con ver cómo la gente común ha entendido en África la figura de Cristo. Este no tiene nada que ver allí con la visión grecorromana que impera en Occidente. «La gente africana» –dice Blanche Costello– «viene a la iglesia a arrodillarse ante Jesucristo en la cruz, y sobre todo las mujeres africanas, que tienen que aguantar lo más duro de la realidad, porque sufren y él sufre con ellos […] A la gente que viene a Marianhill no les prometo nada salvo que los ayudaremos a cargar con su cruz». Se trata de esto, no más. Pero esto es lo que parece sostener también la posición de Elizabeth sobre los animales. La lógica no sirve, hay que entregarse al corazón. No es casual que al despedirse de su hermana, afirme que ella ha escogido la senda adecuada: Cristo en vez de Grecia, lo extático en vez de lo estético, el corazón y no la razón. Para un autor que suele llevar a sus personajes hasta el borde del abismo, o si se prefiere, de la santidad, tal vez sea imposible otra conclusión.

El caso Esterházy

El hijo del héroe

Cuando Peter Esterházy concluyó *Armonía celestial*, la novela en la que recreaba con admiración y buen humor la historia de su aristocrática familia, lo último que podía imaginar es que el inesperado descubrimiento de ciertos documentos comprometedores para la reputación de su padre lo obligaría a emprender una revisión a fondo de su contenido. Había necesitado nueve años y medio para redactar las cerca de mil páginas del manuscrito y apenas catorce días después de darlo a la imprenta, cuando empezaba a sentir el plácido dulzor que acompaña al deber cumplido, un brusco giro de la fortuna le obligó a retomar de nuevo la tarea desde el principio.

Dividida en dos partes y organizada en fragmentos, la novela rememora diferentes episodios de la larga historia de los Esterházy: primero en un estilo burlón, desenfadado y postmoderno, y luego, más convencionalmente, deteniéndose en las penalidades que padecieron sus miembros a causa de la evolución política de Hungría durante el siglo xx. El país había pasado de ser parte del Imperio habsbúrgico a convertirse en soviet, luego en república fascista y finalmente, poco después de acabar la Segunda Guerra Mundial, en dictadura comunista. Por si no fuera suficiente con lo anterior, tras la fallida revolución de 1956 los rusos entregaron el poder a János Kádár, quien durante una década aplicó una política de feroz represión que empezaría a aflojarse solo a mediados de los sesenta, gracias a la rendida docilidad de los ciudadanos. Sobre las condiciones en que vivieron los húngaros es inútil extenderse.

Como ocurre cada vez que el comunismo se alza con el poder, no faltaron ninguna de las alegrías de la dictadura del proletariado: detenciones masivas, torturas, procesos judiciales al margen de la ley, campos de concentración, ejecuciones sumarias… Las últimas palabras en el paredón de Imre Nagy, el primer ministro comunista cuyas reformas provocaron la entrada del Ejército Rojo en Budapest en 1956, son ilustrativas para formarse una idea: «no todos los comunistas son enemigos del pueblo».

Aunque *Armonía celestial* trata de la familia Esterházy, su protagonista es Mátyás, el padre del autor. La entereza que mostró ante las desdichas que el destino le había reservado sirve al hijo de modelo para definir lo aristocrático, hilo conductor de la novela. A pesar de que su vida, la vida de un trabajador de ínfima categoría al que el Estado humilló con saña debido a su origen familiar, carece de la espectacularidad de la del abuelo Móric (ex-primer ministro del país, que incluso en presencia de los nazis se quitaba el sombrero al cruzarse con judíos destinados a la deportación), la dignidad con que asumió los reveses de la fortuna lo convirtió a ojos del hijo en una especie de Lot, el único hombre digno en un mundo podrido. Mátyás parecía haberlo soportado todo gracias a la fuerza que recibía de algo que escapaba al poder de un sistema que se vanagloriaba de controlarlo todo y que Peter relaciona poéticamente con las estrellas. Lo que en su opinión había orientado éticamente a su progenitor e impedido que se degradara al igual que hicieron miles de húngaros no estaba en la tierra sino en el cielo, ese mundo supralunar al que Aristóteles atribuyó estabilidad y perfección. Gracias a ello, y ello no era sino la nobleza aquilatada durante siglos por sus antepasados, jamás perdió el rumbo. Su asombrosa integridad resultó ser así la única refutación posible del totalitarismo. Que un solo hombre fuera capaz de resistir sin doblegarse a las maquinaciones de un Estado despótico ponía en entredicho su omnipotencia. Haber pasado de ser el heredero de una de las mayores fortunas de Europa a hacer la cola del pan sin que jamás saliera de su boca la menor queja era para sentirse orgulloso. El azar quiso, sin embargo, que el terreno sobre el que descansaba aquel orgullo se revelara menos consistente de lo que el escritor presuponía –tan poco, de hecho, como para hundirse con él.

La tragedia

Fue en otoño de 1999. Su padre acababa de fallecer. Impulsado por una mezcla de curiosidad y vanidad personal, Peter solicitó a la Oficina de Historia Contemporánea –un archivo creado años antes con los informes elaborados por la policía política en la época comunista– el material referente a su familia. Deseaba conocer cómo obraron los sicarios del Estado contra ellos, elementos desclasados de la nación a los que presumiblemente consideraban merecedores de una especial atención. Pocos días después de cursar la solicitud, un allegado ligado a la institución le instó a reunirse con él. En el encuentro, le entregó tres carpetas (días más tarde añadiría otra): eran los informes de un confidente de la policía, un delator, un soplón. Al abrirlas para echar una hojeada, Peter reconoció la letra del informador: se trataba de la bella e inconfundible caligrafía de su padre, la firma de un hombre cuyo aristocrático apellido figuraba en tratados de paz, actas de solemnes fundaciones, documentos gubernamentales o cartas dirigidas a los protagonistas de la historia. El impacto que le produjo el hallazgo lo sumió en una vergüenza tan grande que casi se puso a llorar de rabia.

Como cualquiera que conociese de cerca el mundo totalitario, eufemismo bajo el cual aún seguimos ocultando la barbarie contemporánea, Peter sabía que uno de los elementos esenciales del terror del Estado es la delación, la sospecha de que cualquiera –tu compañero de trabajo, tu vecino, tu cónyuge, tu madre– puede ser un informador al servicio del poder. Cuando uno desconfía hasta de las personas que forman parte del estrecho círculo familiar, las opciones de obrar como agente político libre se reducen drásticamente. ¿Cómo rebelarse contra el tirano si este es fuerte incluso en la intimidad del ciudadano? Peter era consciente de que muchos aristócratas, impelidos por el simple instinto de supervivencia, habían colaborado con el régimen. Podrían haberse conducido heroicamente y sacrificarse en nombre de la libertad, pero, a pesar de odiar el sistema, prefirieron practicar el doble pensamiento del que hablaba Orwell y negar el carácter reprobable de sus acciones a sabiendas de estar engañándose.

En el Estado comunista no cabe una vida ética. Las acciones morales son sacadas del contexto de la libertad y la responsabilidad individual e incorporadas al sistema de coordenadas de la objetividad histórica, patrimonio exclusivo del partido. La dialéctica, con su capacidad para trasladar automáticamente cualquier cuestión al plano que interesa al dialéctico, no tiene el menor problema a la hora de borrar la línea que separa lo bueno y lo malo. El acto más abyecto, considerado desde un punto de vista histórico superior (sustitúyase esto por si presta o no servicio a la utopía revolucionaria), deviene encomiable, y viceversa. No es raro, por eso, que a la caída del comunismo lo que afloró en su lugar fuera cinismo, impostura y podredumbre. Tras varias décadas malviviendo detrás de una alambrada de ideas a la espera de un final feliz que jamás se produjo, lo improbable hubiera sido que emergiera una sociedad moralmente sana. Peter estaba seguro, no obstante, de que su padre había sabido mantenerse al margen de todo esto. Su nobleza, sus principios, su integridad, lo garantizaban. La aparición de aquellos documentos fue un mazazo. Una náusea oscura comenzó a moverse en sus entrañas. ¿Acaso era cierto lo que había escrito Imre Kertész, otro escritor húngaro curtido en las tinieblas totalitarias, de que «el secreto de la supervivencia es la colaboración»?

Peter había oído hablar de padres de familia a los que la policía amenazó con ir a la cárcel siendo inocentes, emigrar o cumplir la tarea a la que los obligaban. Su opinión personal, sin embargo, es que fueran cuales fueran las amenazas no había que colaborar. Evitar un perjuicio trasladándoselo a otros le parecía éticamente reprobable. Ignoraba los motivos que llevaron a su padre a convertirse en un traidor (más tarde se enteraría de que los funcionarios del Ministerio del Interior lo reclutaron aprovechando alguna información comprometedora, aunque nunca supo de qué se trataba), pero lo cierto es que no podía justificarlo de ninguna manera. De hecho, tras un rápido vistazo a aquellos papeles, su primera reacción fue de temor y desconcierto; temor a que el descubrimiento llegara a divulgarse precisamente ahora que acababa de publicar la novela; desconcierto porque la posición de fortaleza moral que solía exhibir en los debates públicos y su vida personal se viera amenazada. Ya no podría seguir viviendo como una víctima inocente del terror comunista. La traición del padre tiznaba el nombre de la familia y lo despojaba a él del aura que lo había rodeado hasta entonces. El orgullo no exento de socarronería y humor de *Armonía celestial* se convertía de golpe, por obra y gracia de cuatro carpetas, en lo contrario: una sensación de vergüenza infinita que ensombrecería en adelante su vida y sus relaciones. ¿Era posible que el heredero de una de las familias nobles más importantes de Europa hubiera caído tan bajo?

Sin catarsis

Claro que quizá exageraba. El caso de Mátyás Esterházy era uno entre muchos. En el momento en que las paredes de los archivos secretos se vuelven permeables a la curiosidad pública una muchedumbre queda a la intemperie. Así aconteció en Hungría con el advenimiento de la democracia. La araña desapareció pero no la telaraña, esa red deshilachada y pegajosa donde quedaron atrapadas montones de figuras de primera fila de la sociedad, la política y la cultura. István Szabó, por ejemplo, el genial director de cine, confidente de la policía política entre 1957 y 1961. Cuarenta y ocho informes sobre setenta y dos personas relacionadas con su profesión lo atestiguaban. Sus informaciones iban desde enredos amorosos a opiniones políticas. Algunas pusieron en serio peligro a los afectados. Szabó intentó maquillar su siniestro papel en la historia, pero lo único que consiguió fue perder el prestigio que le quedaba. Aunque cien prominentes intelectuales, admiradores de su obra, suscribieron un manifiesto a su favor, nunca ha conseguido borrar del todo la mancha que ensombrece su biografía. La atención que presta al tema de la traición en sus películas (*Coronel Redl*, por ejemplo), no parece casual. ¿Qué es lo que impulsa a alguien a sacrificar a sus amigos al poder? La respuesta no es sencilla, entre otras cosas porque no es lo mismo obrar bajo coacción que voluntariamente, por convicción política o persiguiendo un beneficio personal. ¿Cómo saber cuáles fueron los motivos que llevaron al delator a participar de la maldad institucionalizada traicionando a los suyos?

Lo mejor, por supuesto, es no emular a los inquisidores. En vez de amontonar unos leños y encender a continuación la hoguera, conviene ser discretos. Las circunstancias a veces son tan complicadas que literalmente no hay salida. Para los húngaros, como para todos los súbditos de los países del telón de acero, la vida se volvió extraordinariamente complicada tras la última guerra mundial. Los aliados impidieron que Hitler los dominara, pero solo para entregárselos bien atados de pies y manos a Stalin. El imperio soviético explotó a esas naciones y a sus habitantes como colonias. Tratándose de un sistema que no descansa en el respaldo popular sino en el miedo, la convicción de que las redes de información policiales eran tan tupidas que nadie podía sortearlas tardó muy poco en difundirse. Nunca se debería olvidar la contribución de los comunistas en la evolución del arte de la tortura y la represión hasta la categoría de ciencia. La invocación a unos ideales indisputables bastaba para justificar las mayores aberraciones. Cualquiera que guardara algo dentro de su alma era considerado un burgués y tratado en consecuencia. Como todos, incluida la policía, eran sospechosos, los archivos secretos del Estado acabaron convirtiéndose en una pesadilla kafkiana. Claro que a las autoridades no les preocupaba no hallar en ellos pruebas contundentes para condenar a los enemigos del pueblo. «Las dictaduras no necesitan inventarse acusaciones, solo necesitan inventarse leyes, leyes que no puedan respetarse», dice con razón Kertész. Si la realidad entorpecía en algún momento sus pretensiones, sencillamente la manipulaban. Procesos basados en falsas acusaciones se cuentan en el mundo comunista por miles. La postverdad no la inventó Goebbels –precursor de la propaganda política a gran escala, o si se prefiere, del uso deliberado de la mentira como si fuera verdad–; se trata de una idea inherente al modelo revolucionario. Cuando se aspira a transformar de arriba a abajo la realidad y se dispone absolutamente del poder, verdad y mentira pierden su significado.

Consciente de ello, Peter barajó también la posibilidad de que los documentos de su padre hubieran sido manipulados. Fue solo un minuto porque la letra no dejaba duda. Era absurdo engañarse o hacerse falsas ilusiones. Por doloroso que fuera, no le quedaba otro remedio que aceptar que su padre había sido un traidor. Pensar que solo él se había mantenido puro en el estercolero moral húngaro era una ingenuidad. De todas maneras, pronunciar la palabra «traición» le costó un gran esfuerzo. Se trata de una palabra amarga y terrible. Brodsky dijo de ella que «cruje como un tablón colocado sobre un abismo». Es cierto que solemos reservarla para quienes ponen en peligro la supervivencia del grupo confiando a sus enemigos algún secreto, y que lo que su padre hizo fue solo trasladar información a la policía, colaborar con los servicios de seguridad del Estado, pero ¿qué diferencia existe en un sistema totalitario entre confidente y traidor? ¿Acaso no es el Estado en los sistemas totalitarios el único verdadero enemigo de la nación?

Consternado por estas consideraciones, trató de tranquilizarse pensando que, en realidad, nada de aquello guardaba relación con él. Cada cual es el único responsable de sus actos. El hijo no puede cargar con las culpas del progenitor. Admitir otra cosa sería volver a los tiempos de la tragedia griega, cuando la responsabilidad se transmitía de generación en generación, igual que la sangre y el apellido. El problema es que él había escrito *Armonía celestial* para defender todo lo contrario: la idea de lo aristocrático como destino que trasciende la dimensión individual de la existencia. Incluso en su caso y el de su padre, dos personas que solamente conocieron el precio a pagar por pertenecer a una familia principesca (en la escuela, cuenta, había «una subdirectora muy comunista que acometía la lucha de clases contra nosotros, contra mi hermano pequeño y contra mí»), el sentimiento de responsabilidad histórica estuvo siempre presente, unido a su conciencia como las ideas innatas a la conciencia de un cartesiano.

EL HIJO DEL TRAIDOR

Fue justamente ese sentimiento lo que le incitó a escribir la versión corregida de la novela. La deconstrucción practicada por razones literarias en la historia familiar debería ahora llevarla a cabo sobre su propio libro, un libro concebido con plena conciencia de que las novelas familiares son hoy un proyecto estéticamente cuestionable. Se había propuesto al iniciar la tarea desintegrar el género de la saga, y por eso había optado por prescindir de la cronología y los nombres propios. En la historia de una dinastía como la suya lo fundamental no eran las personas ni los acontecimientos, sino el estilo, la manera de ser y de vivir. El problema es que una vez conocida la implicación de Mátyás con el régimen comunista todo aquello quedaba reducido al absurdo. Su padre traicionó a la familia, a la patria, a sí mismo. Algo así no se puede disimular con malabarismos literarios o subterfugios retóricos. Esforzarse en demostrar que su fracaso era el fracaso del país, que su culpa era solo la parte alícuota de la culpa colectiva o, en un paso más sutil, recordar que trabajó como traductor para referirse a él como traductor de la situación histórica y jugar luego, imitando a los intelectuales de pacotilla, con el tópico *traduttore, traditore*, sería una indecencia. «Me cago en tu armonía celestial», exclama con rabia en las primeras páginas de *Versión corregida*. Si durante parte de su vida había sufrido el estigma de ser el hijo de un aristócrata, a partir de ahora iba a sufrir el estigma de ser el hijo de un traidor.

A medida que avanzaba en la lectura de las carpetas, en un proceso que podría haberle recordado el descenso de un operario por una alcantarilla, se fue dando cuenta del cambio de actitud de su padre. Hasta 1959, tres años después de su reclutamiento, se había mostrado más bien pasivo, informando de lo que todo el mundo sabía, como si tratara de hacer lo peor posible la labor. Tenía entonces 41 años. A partir de esa fecha, en cambio, comenzó a mostrarse más colaborador, menos negligente. Quizá se percató de que el prestigio de su apellido facilitaba a las personas franquearse con él y esto le hizo sentirse menos angustiado. Nadie en sus cabales podía imaginar que el conde Esterházy fuera colaborador del régimen. Las vejaciones sufridas por él y su familia constituían la mejor garantía. Era el topo ideal. Pero ¿como es posible que se hubiera prestado a ello? ¿Había que atribuir su flaqueza al espíritu de la época o a la podredumbre de la sociedad húngara? Fascismo y comunismo habían impregnado a la nación de algo que la hacía menospreciar tanto la libertad como la responsabilidad individual, pero Péter no estaba dispuesto a disolver las culpas de su padre en la culpa colectiva. Tampoco consideraba necesario evaluar la gravedad de su colaboración, hacer cálculos con el daño que pudo producir. ¿A qué tantas indagaciones? Él mismo lo había dejado claro dos décadas antes en *Relato de espías*: «Lo que aparece en un informe es secundario. Lo que importa es su existencia, el hecho de que existe, de que sea».

A pesar de creer en el determinismo histórico, los comunistas intentaron siempre controlar férreamente el curso de los acontecimientos. La alianza entre teoría y práctica, entre inteligencia y policía, convirtió sus países en campos de concentración. Mientras los gobiernos adoptaban las medidas más extremas acallando cualquier crítica con la apelación a la necesidad histórica, los ciudadanos iban degradándose hasta hacer lo que quiera que se les pidiese. La cantidad desorbitada de personas involucradas en las redes secretas de la policía (en Hungría cerca de cuarenta mil) es producto de dicha situación. ¿Pensaron los delatores que participaban en un proceso inexorable, que en el futuro nadie podría reprocharles su comportamiento? ¿O desesperaron tanto del porvenir que no imaginaron la posibilidad de que aquel mundo sucumbiera y tuvieran que dar cuenta un día de su papel en él? Peter evita plantear la cuestión temiendo quizá encontrar una respuesta absolutoria. Desde su punto de vista el traidor no tiene ninguna disculpa. La desesperación, la fragilidad del alma humana, el instinto de supervivencia, el miedo al dolor, el temor al destino de los seres queridos… cualquier excusa esgrimida para tratar de justificar sus actos nunca le parece tan convincente como otras alternativas bastante menos disculpables: la mera cobardía, la indiferencia ética, la búsqueda de una posición segura, el derrotismo de quien ha perdido el mundo y no sabe reconquistarlo.

La tesis defendida en *Armonía celestial* de que alguien que se sabe moralmente superior puede sobrevivir a todo se había demostrado falsa, y lo que queda en su lugar son solo dudas y sospechas: ¿es la vida secreta de los hombres su única y verdadera vida? ¿Acaso no es de ahí, de ese fondo secreto, de donde el traidor saca sus fuerzas para seguir viviendo a pesar de saber que ha echado por tierra todo en cuanto cree?

VENDER EL ALMA AL DIABLO

Versión corregida fue escrita con el propósito de responder a estas cuestiones y hacerlo, además, de la forma más austera y realista posible. Nada de malabarismos postmodernistas, de digresiones fantasiosas, de florituras autocomplacientes. Aunque el autor acabaría incumpliendo su promesa (quizá el vanguardismo no sea una elección estética), al principio se la tomó tan en serio como para incorporar al texto los informes paternos y los comentarios de la policía a ellos. Cuando se aspira a comprender los mecanismos de la traición hay que tener en cuenta tanto al traidor como a quien lo incita a serlo, especialmente si se descubre que los informes jamás serían del agrado de sus destinatarios. La policía recelaba por sistema del confidente. Si este exculpaba a un investigado lo convertía al punto en sospechoso. Desconfiaban de él porque no podían descartar que los investigados estuvieran sobre aviso. En *Tierra, tierra*, segunda parte de sus memorias, Sándor Márai comenta que cuando los húngaros se enteraban de que alguien se había visto forzado a colaborar con los comunistas, procuraban ayudarlo en vez de condenarlo. El dato no parece falso porque una tía lejana de Peter le había confesado, antes de que saliera a la luz el asunto de la colaboración, que tenía noticia de que su padre había tenido que pactar con el régimen. El escritor, saltando más frecuentemente de lo que se había propuesto del mundo de los hechos

al de las palabras, soslaya, sin embargo, tal posibilidad exculpa-
toria. Prefiere hurgar en la herida y justificar los recelos policiales
como estrategia corrosiva destinada a hundir a su progenitor en la
abyección (encarnada en su afición a la bebida, hábito que achacó
en *Armonía celestial* al dolor por las humillaciones padecidas, y
ahora a su doblez, pues era en los bares donde solía verse con sus
víctimas). De tal proceso de degradación, indispensable para que
la condena sea absoluta, formaría parte la introducción ocasio-
nal en dichos informes de comentarios condescendientes hacia
la política del gobierno. Aunque el lector de *Versión corregida*
no acaba de saber cuáles son esos comentarios, Peter aventura
que Mátyás quiso ganarse a las autoridades, actuando como si
pudieran recompensar su honradez. Su impresión, en definitiva,
es que está vendiendo el alma, pero que el comprador no es el
diablo, sino el Estado; la diferencia resulta crucial, pues el diablo
ofrece satisfacer los deseos de la persona tentada mientras que el
Estado se limita a degradarla. Devastar moral y psíquicamente a
la persona en nombre de la historia ha sido uno de los mayores
logros del comunismo. No es casual, desde luego, que mientras
los ideócratas se burlaban del demonio juzgándolo un pequeño
burgués tratante de almas, ellos presumieran de ser ingenieros
de almas.

La sentencia de Peter Esterházy es rotunda: el traidor es un
hombre despreciable porque vende su alma. El problema, para
él, es que el traidor resultaba ser también su padre, a quien había
ensalzado en un libro previo porque, aunque fuera de manera
deficiente, lo amaba. ¿Qué puede haber más doloroso para quien
ama que constatar que la persona amada renuncia a su alma y
deja así de servirse a sí misma para convertirse en sierva de otro?
Justo porque se trata de un dolor difícilmente asimilable es por
lo que surge una y otra vez la pregunta de si debería o no escribir
sobre esto. ¿No exige el deber filial otra cosa? ¿Cómo reaccionará

el público ante el hecho de que sea precisamente el hijo del traidor el encargado de denunciarlo? ¿Puede justificarse que por ser escritor escriba sobre ello? Y hacerlo ¿no lo convierte a él mismo en un traidor?

¿Hay que buscar la verdad a toda costa?

Peter quiso evitar el error que siempre reprochó a los húngaros: detener el examen de la historia allí donde los datos comienzan a ser molestos. Había creído ingenuamente que su padre –«un hombre nacido para ignorar qué es abrir una puerta por sí mismo»– era la mujer del César. Estaba tan lejos de cualquier sospecha que el descubrimiento de su traición conmovió los cimientos de su existencia y su pensamiento. El pretérito ya no era territorio seguro. Había subido y bajado por su árbol genealógico confiando en la firmeza de sus ramas y ahora estaba en el suelo con la crisma rota. Quizá erró suponiendo que podía encontrar en el pasado la armonía celestial que no hay en el presente. Puso a su familia bajo la protección de la astronomía, esa ciencia lejana, pero también ellos habían sido zarandeados por los vientos que azotan la superficie de la tierra. Mátyás fingió como un actor que representa un papel, y aunque en el teatro comunista el protagonista de la tragedia sea el coro, no el héroe, lo que más le dolía no era en realidad su colaboración con el régimen, sino que esa colaboración arruinara cuanto le enseñó como padre. En la época en que se dirigía a él y a sus hermanos para inculcarles el orgullo de pertenecer a un linaje como el suyo, jamás deslizó la posibilidad de que hubiera en la familia un traidor. Recordaba cuando discutieron a propósito de Ferdinand Walsin Esterházy y su infame papel en el caso Dreyfus. El argumento del padre es que aquel hombre era un bastardo que había vivido al margen de la familia. La irritación con que comentó el caso, vista retrospectivamente, tiznaba todavía más su memoria. Más increíble le parecía incluso que años más tarde, ya instaurada la democracia, conversando sobre István Csurka, un escritor ultranacionalista que fue encarcelado tras la revolución del 56 y que luego se hizo confidente de la policía, no objetara absolutamente nada a su feroz crítica del personaje. Peter se mostró entonces radical e intransigente, pero él le respondió adoptando una distancia áurea, sideral, aristocrática. «Lo que te echo en cara» –le dice ahora el escritor a su padre– «es que hayas empobrecido el mundo».

El resultado de sus esfuerzos fue un libro farragoso y en cierta medida fallido. El oprobio y la consternación volvieron difícil la ecuanimidad que el proyecto necesitaba. Avergonzado por la conducta paterna, ni siquiera tomó en cuenta las dificultades de vivir dignamente en un mundo moralmente podrido. Cierto que prestarse a servir a un Estado que utiliza el poder y las leyes para oprimir a la población, un Estado convertido en rival del ciudadano, es una mala decisión, pero quizá sea demasiado fácil exigir la virtud en épocas en las que la única forma de demostrarla sería comportarse como un mártir. Peter pertenecía a una generación que responsabilizaba a sus progenitores de claudicar a la extorsión comunista. No les faltaba razón, desde luego, aunque la verdad es que, tras la colaboración del régimen de Horthy con los nazis, los húngaros cayeron en poder de los soviéticos como una piedra aristotélica en su lugar natural, y cuando intentaron sacudirse su yugo, en 1956, nadie los apoyó. Goliat aplastó a David, que es lo que ocurre generalmente. En la farsa populista de la dictadura del proletariado y la sociedad sin clases no hay papel para los héroes. Mátyás había mantenido una posición discreta hasta que, tras la fallida revuelta popular, tuvo que colaborar. No había tenido relación con ello (era consciente de que su presencia en un movimiento contra el poder establecido podía resultar contraproducente), pero a partir de ese día le exigieron comprometerse con el régimen. Nadie sabe qué clase de amenazas lo convencieron. Su hijo no quiso, de hecho, conocerlas. La urgencia de condenarlo le empujó a dar por supuesto que podría haber hecho otras cosas. Y sí, seguro que pudo, pero nosotros desearíamos saber cuáles. Él, desde luego, no intenta explorarlas, y comete de hecho el que, según Jules Renard, es el mayor error del juez: suponer que el acusado actuó guiado por la lógica. Pero Mátyás no era un arribista que intentara mejorar su propia situación personal, ni un cínico capaz de defender los valores de sus enemigos, sino nada más que un hombre al que se había despojado de todo, incluida el alma. Su alma había sido convertida en bien social. La nacionalización de las almas implica que nadie tiene derecho a organizar su vida desde sí mismo. Semejante abominación, aplaudida en las soleadas terrazas de las cafeterías de París donde se reunían los intelectuales comprometidos para perorar sobre el porvenir de la humanidad, hubiera rendido literariamente más que la simple y siempre fácil condena. Quizá por eso Esterházy no consiguió convertir su caso, el caso familiar, en una obra para todos.

David Foster Wallace y el aburrimiento

La obligación de gozar

David Foster Wallace se suicidó en 2008. Tenía cuarenta y seis años y hacía veinte que recibía tratamiento farmacológico por depresión. Sobre la mesa de su escritorio se encontró el manuscrito inconcluso de su última novela: *El rey pálido*. La obra es la autobiografía muy poco convencional de un hombre que ha descubierto la importancia del aburrimiento en el mundo contemporáneo.

Aburrimiento... De repente el tiempo no fluye o transcurre tan lentamente que parece estancado, las cosas apenas nos dicen nada, nosotros mismos experimentamos una sensación de vacío que se vuelve opresiva y de la que procuramos huir iniciando cualquier tarea, la mayoría de las veces sin éxito. Afortunadamente no es una situación habitual porque vivimos en una época que ofrece de antemano todo lo necesario para evitarla. La televisión, el hilo musical, el teléfono o el ordenador de bolsillo impiden que tengamos que lanzar continuas miradas al oscuro fondo de nuestro ser. En ocasiones, sin embargo, nada de esto sirve: la conciencia, tan cómoda mientras la distraen poderosos estímulos, se agrieta y bajo ella se abre de pronto un abismo del que instintivamente nos apartamos. Una repentina clarividencia ilumina nuestra vida, pero se trata de una luz dolorosa ante la cual retrocedemos espantados. Este apartarse con horror y repugnancia de uno mismo se decía en latín *abhorreo*, verbo del que proceden los nuestros aborrecer y aburrir.

El aburrimiento pone de manifiesto un vacío y, al mismo tiempo, la contrariedad de advertirlo. Cuando surge se produce una perturbación del sentido. Aunque se trata de una experiencia consustancial al ser humano, hasta finales del siglo XVIII no empezó a generalizarse el uso del término para designarla. Otras voces estaban vigentes y otras nuevas competirían con ella: *taedium vitae, accidia, daemon meridianus, malaise, ennui, spleen*. A todas subyace la idea de desgana que caracteriza al aburrimiento e incluso una de ellas, la primera, incluye el matiz de repugnancia del vocablo latino (*taedium* proviene de *taeter*, de donde «tétrico»), pero hay algo en el concepto moderno de aburrimiento que las desplazará a todas, un matiz decisivo, y es el hecho de que lo que hastía y repugna sea uno mismo, la vida que uno lleva, el vacío que encuentra en el fondo de su ser. Que la sociedad contemporánea combata este vacío con energía, produciendo un continuo y espectacular ajetreo para no tener que enfrentarse a él, muestra hasta qué punto lo teme. El problema es que la movilización contra el aburrimiento revela también una huida generalizada del ser humano ante su propia esencia. La cosa ha llegado al punto de que incluso se propone aprovechar los recursos tecnológicos para crear una nueva especie despojada quirúrgicamente de inquietudes metafísicas. ¿Se habrá cansando el hombre de sí mismo?

LA MELANCOLÍA Y EL GENIO

Aburrimiento y genialidad se asociaron en Grecia a la melancolía. Esta noción, acuñada por Hipócrates, evolucionó a lo largo del tiempo hasta ser sustituida en el siglo XIX por la idea clínica de depresión. La superstición del progreso sugiere que todo lo que pensaron nuestros antepasados con sus conceptos nosotros podemos pensarlo mejor con los nuestros. Es una creencia injustificada, porque en este proceso suelen producirse pérdidas considerables. Para comprobarlo bastaría con observar las dificultades de la idea contemporánea de depresión a la hora de explicar, por ejemplo, la conexión entre genialidad y melancolía. Se objetará que no nos estamos refiriendo a un hecho sino a una interpretación, pero no se olvide tampoco que la tesis de que la melancolía pertenece a la estructura fundamental del genio creador no casa bien con los esfuerzos que se hacen desde el siglo xix por erradicar la depresión. En vez de asumirla como algo inherente a la existencia humana, la ciencia moderna trata de terminar con ella. No es casual por eso que la guerra mundial contra el aburrimiento se haya convertido en una obligación, «la obligación de gozar» de la que habla Slavoj Žižek.

Hipócrates de Cos, contemporáneo de Sócrates, sostuvo que los cuatro elementos de la naturaleza (fuego, tierra, agua y aire) tienen su equivalente en cuatro sustancias fluidas que operan dentro del organismo: sangre, bilis negra, bilis amarilla y flema o linfa. Si estos fluidos se hallan en la debida proporción, la persona está sana. Si la armonía se rompe, surge la enfermedad, que el médico combate intentando restaurar el equilibrio. La combinación en diversas proporciones de estos humores da lugar a cuatro temperamentos: sanguíneo, melancólico, colérico y linfático. Esta concepción, divulgada en la época helenística por la astrología caldea, que conectaba humores y temperamentos a la influencia de los planetas (el melancólico, distante y pensativo, quedaría bajo la influencia de Saturno, el dios parricida), perduró hasta la época moderna.

La medicina hipocrática establecía la existencia de una relación entre fisiología y acción humana. Esta relación no debe ser entendida a la manera mecanicista moderna, más próxima a la visión astrológica que a la causalidad helénica. En el *Problema xxx*, donde se investiga la propensión del hombre de genio a la melancolía, el autor, tal vez Aristóteles, no afirma que todos los melancólicos sean geniales, sino que el genio es siempre melancólico. Poetas, filósofos, legisladores y artistas –o sea, las personas con gran capacidad creativa–, comparten con el melancólico ciertos rasgos de temperamento: inestabilidad anímica, propensión a los excesos, comportamiento maniático. Hipócrates atribuía tales rasgos a la temperatura de la bilis negra. Cuando está fría, el individuo se vuelve sombrío, la pesadumbre lo invade y es incapaz de hallar sentido a lo que le rodea. Si se calienta, olvida su angustia anterior y se siente poseído por una inagotable vitalidad gracias a la cual descubre relaciones inesperadas entre las cosas. Aristóteles ilustra el fenómeno señalando que el efecto de las alteraciones en la bilis negra sobre el organismo es equivalente al que produce el vino en el ánimo. Hay que distinguir, por tanto, entre la afección permanente, debida al exceso o defecto de bilis, y la transitoria, asociada a la temperatura, más voluble. En el primer caso la melancolía constituye una enfermedad; en el segundo, un rasgo de carácter.

Frente a otros temperamentos, el melancólico se caracteriza por su inestabilidad. Con facilidad pasa del abatimiento a la exaltación, de la pesadumbre a la alegría. Aunque en sus horas sombrías parece un oscuro planeta que se aleja del resto, un planeta misantrópico como Saturno, en otras ocasiones brilla lleno de euforia. Ambos extremos son igual de relevantes. Kant, en *Sobre el sentido de lo bello y lo sublime*, dice que «aquel cuyas emociones le inclinan a la melancolía no tiene ese nombre porque se sienta afligido al verse despojado de las alegrías de la vida, sino porque su sensibilidad, afinada por encima de cierto nivel, o mal dirigida por alguna razón, alcanza ese estado con mayor facilidad que ningún otro». El hombre de genio comparte con el melancólico el incesante vaivén que lo precipita unas veces dentro y otras lejos de sí mismo. Para los griegos ese movimiento es el alma, concebida no como sustancia espiritual, sino como el desajuste entre lo que el hombre es o siente que es (*thymos*) y su poder de ser (*psyché*). El primer síntoma de la melancolía es, de hecho, el abatimiento que produce la conciencia de esa amplitud no colmada y que los griegos llamaban *athymia,* una de las tres formas que, según el *Problema XXX,* tiene el hombre de percibirse a sí mismo junto a la *euthymia* (bienestar) y la *dysthymia* (malestar). Cuando la *athymia* arraiga y se encona hasta devenir malestar surge la enfermedad. Esto no es lo normal porque el abatimiento se experimenta como privación que pone en movimiento las potencias de la persona y a la que suele seguir, por eso, una suerte de efervescencia, de exacerbación, que la empuja en la dirección opuesta. Platón, interesado por el aspecto extático de la genialidad, al que atribuía el estro poético y la inspiración profética, hablaba de «manía» o de locura divina. No todos los melancólicos son, sin embargo, geniales. La melancolía por sí sola no es causa de la genialidad, necesita ser completada con eso que Aristóteles llamó «talento para la metáfora», es decir, el don para descubrir relaciones inesperadas entre las cosas o la capacidad para proyectar sobre ellas los propios sentimientos.

La fusión en la época helenística de la teoría de los humores y la astrología de origen caldeo desvirtuó la idea clásica de melancolía. El elemento saturnino absorbió por completo el elemento extático. Saturno, el dios destronado, símbolo de la lucha de las generaciones, solía ser representado como un viejo achacoso que porta consigo una hoz o una guadaña, recuerdo de la época en que devoraba a sus vástagos recién nacidos. Quienes confiaban en la conexión entre el destino y los astros le atribuyeron un influjo negativo sobre el bazo, órgano productor de la bilis negra (*melas chole*). Fruto de esta asociación fue la identificación en la alta Edad Media de melancolía y acedia –pecado en el que Gregorio Magno fundió dos de los ocho pecados capitales, tristeza y pereza– que conduciría al cabo de varios siglos al concepto de depresión, concebida como un estado que incapacita a la persona para actuar. Durero revela su prosapia medieval cuando en el famosísimo grabado que consagra a la melancolía la dibuja abatida porque la geometría, ciencia que aspira a tomar la medida del universo, no puede alcanzar su objetivo. E igual le pasa a Robert Burton, autor de *Anatomía de la melancolía*, pese a que su condición de hombre moderno lo lleva a atribuirla a la ociosidad y no a los humores o los astros.

Más allá de la clínica

La medicina antigua atribuía la desgana del melancólico a un desequilibrio fruto de un cambio de temperatura en la bilis. Para remediarlo había que restaurar la armonía corporal mediante dieta, ejercicio o cambios de aires. Aunque los griegos consideraban el abatimiento un estado indeseable, se daban cuenta de que en esos momentos se le revela al hombre su propio ser (el desajuste entre lo que es y lo que puede ser), y que esa revelación no es inútil para la vida. Al hombre moderno, ansioso por apartar de sí el dolor, no le interesa en cambio esa experiencia. El aburrimiento, equivalente a la *athymia* de los antiguos, carece para él de sentido y hay que impedirlo por todos los medios en nombre del bienestar. La sociedad tecnocrática aspira a aquietar al individuo respecto de su existencia ofreciéndole diversión constante. El influjo de la industria del entretenimiento, a la cual pertenecen los medios de comunicación de masas, no es casual. También cumple una función el uso de drogas, legales o ilegales. Si en el aburrimiento existe algo ligado, por ejemplo, con la creatividad del genio, simplemente no se toma en cuenta: al fin y al cabo la disposición de la ciencia a no admitir más que el dominio de lo demostrable la lleva a menospreciar cuanto contenga el incierto sello de lo excepcional.

Nada de particular tiene en este contexto que la filosofía, el arte y por supuesto la literatura se hayan interesado por el fenómeno del aburrimiento más que ella. Es el caso de Martin Heidegger, quien en *Los conceptos fundamentales de la metafísica* clasifica el aburrimiento en tres tipos: el que causan las cosas o personas aburridas, el que se debe al tiempo perdido en tareas que nada significan para nosotros y el que acontece cuando experimentamos el mundo como un vacío frente al cual nos sentimos solos y finitos. Esta última modalidad es la que ante todo le interesa, porque en ella la existencia se manifiesta a sí misma exigiendo a la persona tomar las riendas de su destino. La negativa valoración contemporánea del aburrimiento como algo que debe combatirse resulta para Heidegger reveladora de esa actitud que ha llamado «olvido del ser». Aunque hablamos sin cesar de ilustración y lucidez, la mayor parte de la gente retrocede cuando algo la despierta. La psicología y la medicina contemporáneas, como la industria del entretenimiento, parecen interesadas en impedir que se libere la esencia del hombre y este tenga que cargar con ella. Prefieren renunciar a esa posibilidad a cambio del bienestar (*euthymia*). El problema, percibido ya por los griegos, es que es precisamente en el momento en el que el hombre se siente solo, sobrecargado en su ánimo, denegado por un mundo que le parece vacío, cuando está en una disposición verdaderamente libre y creadora. «Todo actuar creador» –escribe Heidegger recordando a Aristóteles– «está en la melancolía». La filosofía, la poesía y el arte se alimentan de lo que podría llamarse «experiencia metafísica». Nuestra época presume, sin embargo, de haber acabado con la metafísica, y en cierto sentido parecería que verdaderamente lo haya hecho: en vez de metafísica tenemos pasatiempos, un actuar deliberado, aunque ciego, contra lo esencial de la existencia.

También el arte, en la medida en que no ha pretendido tapar la herida metafísica (con melaza *kitsch* o con excrecencias, la melaza del nihilismo), ha descubierto esto. La denominada «pintura metafísica» es una prueba. Esta pretendía ocuparse de la realidad despojada de los atributos que posee cuando la contemplamos con ojos cotidianos. No renunciar a los objetos, como la vanguardia, sino situarse frente a las cosas conocidas como si fueran extrañas. Dicha pretensión –piénsese en De Chirico– le hizo descubrir la melancolía como la experiencia de una realidad desencantada, sin sentido, en la que los personajes, a menudo perplejos, encuentran su auténtico ser. Edward Hopper, desde otra posición estética, ha plasmado también esa experiencia con una exuberante riqueza de motivos. Un observador atento vería en sus cuadros las modalidades del aburrimiento de Heidegger (la causada por las cosas o personas aburridas, la debida al tiempo perdido en tareas sin significado y la que se produce cuando percibimos el mundo como un vacío ante el cual nos sentimos solos y finitos) y el reflexivo respeto del pintor ante tal situación, a veces muy difícil para el protagonista, a quien solemos encontrar sumido en su abismo interior.

El rey pálido

En el ámbito de la literatura nadie se ha ocupado más intensamente del fenómeno del aburrimiento que David Foster Wallace. Tampoco nadie ha dedicado más esfuerzo que él al fenómeno de la diversión. Aburrimiento y diversión son los temas centrales de su narrativa, en particular de sus dos grandes novelas: *El rey pálido* y *La broma infinita*. Esta última es considerada por muchos una ácida epopeya de la adicción y la rehabilitación. El desenmascaramiento de los valores tradicionales, el nihilismo, ha provocado en nuestras sociedades una profunda desorientación. El hombre contemporáneo siente horror ante la posibilidad de quedarse a solas consigo mismo. En su interior encuentra un vacío oscuro del que prefiere apartarse. La proliferación de aparatos dedicados a evitar el silencio carente de distracciones, por no hablar del incremento constante de fármacos, drogas y pasatiempos concebidos para impedir la reflexión, no son un efecto colateral del avance tecnológico, sino algo que tiene que ver con la desorientación del hombre actual. No es extraño que los personajes de *La broma infinita*, analizados con la alucinatoria prolijidad característica del estilo de Wallace, se entreguen a sus adicciones como enfermos que tratan de escapar desesperadamente de sí mismos y no como hedonistas que buscan el placer. Ese es también el contexto de *El rey pálido*, solo que su protagonista, debido a casualidades que le hacen comprender cuál es la verdadera realidad de la época, da un giro radical a su vida y abandona el sueño de ser artista para convertirse en burócrata. ¿Cómo es que habitualmente no se habla del tedio cuando todo parece preparado para evitarlo?, se pregunta en el momento crucial de su vida.

El temor al tedio es el temor a que aflore de pronto nuestro yo interior y secreto. Los americanos de hoy –y esto vale para el resto de los occidentales–, se sienten mejor viviendo en la superficie de sí mismos, infantilmente, que buceando en sus adentros. Las responsabilidades profundas no forman parte de su estilo de vida. Esto se percibe con claridad en el orden de la política. El ciudadano común reclama derechos, pero no quiere saber nada de deberes. Declina cualquier compromiso y a menudo ni siquiera se molesta en votar. Si por él fuera, preferiría que los fines de la vida los estableciera el gobierno y que la ley funcionara como si de la propia conciencia se tratase. Su sueño, por así decir, no es actuar, sino seguir un reglamento. Uno de los personajes de la novela describe a la perfección la situación al hablar simplemente de «evasión de responsabilidades».

Una persona puede dirigir su atención a sí misma o a cualquier cosa que la rodee. Esto último es lo que hacemos habitualmente. Las cosas nos distraen y esa distracción resulta más agradable que concentrarse en nuestro tedioso yo verdadero. Aunque esto produzca a veces la impresión de falta de rumbo e iniciativa, preferimos la dispersión al temible aburrimiento. Hay ocasiones, no obstante, en que este inevitablemente surge. Es una sensación contradictoria porque en el centro mismo de nuestro ser percibimos un vacío angustioso. «Saber es morir», aprendimos cuando Adán y Eva mordieron la fruta del árbol prohibido. Sin embargo, resulta siempre mejor para el hombre saber, ser consciente aunque sea de su ignorancia. Es lo que intuye el protagonista de *El rey pálido* cuando, por una serie de circunstancias, reúne el valor suficiente para mirar ahí dentro. A partir de ese día dejará de ser un adolescente narcisista ocupado solo de buscar placeres banales para sentirse libre, libre no para hacer cualquier cosa, sino únicamente lo necesario.

En este giro resulta decisivo el encuentro con un profesor de Fiscalidad Avanzada que le descubre el significado de la autoridad y le enseña algo con lo que no contaba: la posibilidad de realizar hoy un destino heroico consagrándose a una tarea insignificante, la contabilidad. La heroicidad, dice el profesor, no depende ya del reconocimiento externo, sino de la resistencia interior, la capacidad para negar como propia cualquier necesidad que surja de uno mismo. Se trata de entregarse en cuerpo y alma a una labor necesaria para el correcto funcionamiento del sistema. «El verdadero coraje consiste en soportar el tedio minuto a minuto en un espacio cerrado». Aburrimiento y monotonía son enemigos del héroe. Este no ha de retroceder ante el vacío interior, sino apropiarse de él, habitarlo.

Convencido como San Pablo camino de Damasco, el protagonista decide ingresar en la Agencia Tributaria. Allí confirma que el mundo contemporáneo es una burocracia y que el verdadero talento para triunfar en él no es la eficiencia, la probidad, la inteligencia o el don de gentes, sino la capacidad para soportar el aburrimiento y operar de acuerdo con lo previsto en un entorno que descarta de antemano todo lo vital y humano. Se trata, sin duda, de un hallazgo desconcertante, y lo es más si se tiene en cuenta que a partir de ese momento el protagonista, vaciándose como héroe nihilista, comienza a desaparecer de la narración engullido por el sistema en el que ha encontrado al fin su lugar. ¿Acaso la única forma de ser auténtico que nos queda en la tecnocrática sociedad de masas es la de renunciar con plena conciencia a ser uno mismo? ¿Qué ocurre entonces con todos los que rechazan esa posibilidad y se espantan de su falta de rumbo en un mundo devaluado que más que mundo da la impresión de ser una especie de broma infinita? Sería muy atrevido responder a esta pregunta aludiendo al suicidio del autor de *El rey pálido* (cuyo manuscrito supuestamente interrumpido tras una década de arduo trabajo apareció perfectamente ordenado sobre una mesa el día que se ahorcó), pero no hay que descartar que su muerte, vamos a decir extratextual, formara parte de la novela como la otra alternativa a ese creciente totalitarismo tecnocrático de la nada que se describe en ella.

VOLVER CONFORTABLE EL NIHILISMO

Allan Bloom decía que lo americano es el esfuerzo por hacer confortable el nihilismo. El nihilismo es la ausencia de unos valores absolutos de referencia. Esta ausencia se traduce en una falta de fines que, por extraña paradoja, coincide con la existencia de poderosos medios. La producción y organización actuales dependen casi absolutamente de ellos. Gracias a la técnica, que mantiene la presencia del espíritu en el caos, el bienestar —sucedáneo del bien— ha desplazado a los ideales de antaño. A falta de otra cosa las sociedades concentran su esfuerzo en la defensa de una prosperidad ligada a la anodina proliferación de bienes de consumo. El problema es que el bienestar no basta, no llena. Tras él se esconde como una grieta a punto de revelarse el inquietante aburrimiento.

Combatirlo es la cruzada patriótica americana. Hay que impedir como sea que en medio de una existencia portentosamente rica se haga patente el vacío de su falta de fines. De ahí que, según Wallace, la virtud suprema para triunfar hoy sea la capacidad de soportar el aburrimiento y asumir como propias tareas carentes de sentido. Dichas tareas no necesariamente tienen que pertenecer al mundo del trabajo, ámbito clásico de la alienación; también puede ser parte del mundo del ocio, dominado en la actualidad por la noción de diversión, de alejamiento del propio ser. Trabajo y diversión definen de hecho el estilo de vida americano y quizá ya del mundo entero.

Lo que da cohesión a la sociedad contemporánea no es un orden espiritual, sino la organización minuciosa de la actividad sustentada en el poder tecnológico. La tecnología ha llevado a cabo el sueño de restaurar la unidad en un mundo nihilista donde proliferan los discursos. Ella no reduce esos discursos a un discurso único, pero genera la ilusoria impresión de que, a pesar de todo, hay una globalidad, una totalidad de sentido. Ninguna capacidad es mejor hoy para el individuo que la capacidad de adaptarse o integrarse en la organización. Una persona capaz de entregarse en cuerpo y alma a las ocupaciones, dejándose a sí mismo atrás sin que esto abra un vacío interior que lo abata, está mejor preparada para esta vida que aquel que experimenta ese vacío como algo engorroso, un aburrimiento opresor. Es sabido que el cumplimiento estricto del deber es una manera respetable de no asumir la responsabilidad personal. Uno no se oye a sí mismo, quizá ni siquiera se ve, mientras realiza concienzudamente las tareas a las que está obligado, por ejemplo, profesionalmente.

Esta es precisamente la heroicidad a la que se refiere el profesor del protagonista de la novela. También los alemanes acusados de cometer actos inhumanos durante el período nazi se defendieron orgullosamente alegando que el sentido del deber impedía que tomaran conciencia de ello. Hay que estar dispuesto a vaciarse por completo para convertirse en una pieza perfectamente engrasada del engranaje. El aburrimiento, en este contexto burocrático de entrega al orden establecido, es el principal enemigo porque la persona que de repente siente la distancia respecto de este mundo, de sus ocupaciones o pasatiempos, introduce una duda que pone en peligro la frágil cadena que lo sostiene. Un hombre que se aburre, un hombre sumido en la melancolía, incapaz de desviar la mirada de ese espacio no colmado que constituye su alma, su abismo interior, alguien a quien ni siquiera le divierte lo divertido (consúltese el desternillante relato de Wallace «Algo supuestamente divertido que nunca volveré a hacer»), puede convertirse de pronto en una poderosa objeción a la totalidad. Probablemente lo mismo les haya ocurrido a Adán y Eva en el paraíso.

Las novelas ecologistas de Richard Powers

El dominio de la naturaleza

La capacidad de intervención del ser humano en la Tierra ha alcanzado tal relieve que resulta difícil eludir la responsabilidad sobre muchos de los cambios que se observan hoy en los procesos naturales. Este poder tiene, sin embargo, una historia muy corta. Se remonta a la Revolución Industrial, hace apenas dos siglos, y no es, en verdad, un poder, sino más bien un efecto secundario, colateral, de nuestra manera de vivir o de estar en el mundo.

Debido al desarrollo de la ciencia, la tecnología y la organización social, el mayor problema al que se enfrenta ahora la humanidad no es la escasez, que sigue afectando a pesar de todo a poblaciones enteras, sino la explotación desmesurada de los recursos naturales. La tierra y sus criaturas se han convertido para nuestras insaciables ansias de consumo en una simple reserva de materiales. Los enemigos del capitalismo, el sistema económico que se ha impuesto con la globalización, creen que la producción continuada de excedentes, motor del mismo, no responde a otro fin que perpetuar el dominio de los ricos sobre los pobres con la alienada aquiescencia de estos, pero lo cierto es que allí donde se han ensayado otro tipo de regímenes las cosas no han sido muy diferentes. La economía planificada de acuerdo con ideas morales ha resultado igual de devastadora o más que la economía de mercado basada en el afán de ganancia. De una manera u otra, ocurre siempre lo mismo: una vez que el ser humano dispone de los medios que le permiten dominar la naturaleza nunca se resigna con lo que posee: aspira a más, quiere más, necesita más.

Tomar conciencia de las consecuencias perniciosas de la voraz actividad humana en la naturaleza es la base de lo que conocemos como «ecologismo», una posición moral que asume la responsabilidad hacia la Tierra y los seres vivos que nacen y mueren en ella. Lo que caracteriza al ecologismo como tal no es, sin embargo, esa mera conciencia, sino la consternación derivada del hecho de haber aparecido justo en el que parece ser el momento inmediatamente anterior al desastre. La lucidez, lejos de lo que pensó Hegel al invocar a la lechuza de Palas, llega siempre tarde. Nuestra forma de vivir causa un daño cada vez más alarmante en el mundo que nos circunda, pero no sabemos, y quizá no podemos ni queremos, vivir de otra forma. La situación es ya, para muchos, trágicamente irreversible: resulta imposible volver atrás, pero si seguimos adelante, caeremos de seguro en el abismo.

La despreocupación con la que hemos vivido hasta ahora nuestra intervención en la naturaleza no puede durar más. Creer en la inagotabilidad de los recursos y la ilimitada capacidad de la Tierra para reponerse de las agresiones de la acción humana, agresiones que crecen a medida que avanza la globalización, constituye una ingenuidad. No es que la humanidad posea la capacidad necesaria para desencadenar el apocalipsis y convertir la tierra en una bola de billar, como aseguran burlonamente quienes cuestionan el poder humano para modificar el curso de las cosas y consideran el ecologismo una modalidad contemporánea del milenarismo, pero lo cierto es que no se puede negar que estamos en disposición de alterar las condiciones de la vida tal y como las conocemos y, con ello, de tornar bastante complicada la nuestra.

¿Qué hacer? La solución, si la hay, no es fácil. Algunos ecologistas suponen que tener poder para cambiar las condiciones de la vida en la Tierra significa tenerlo también para impedir que esto ocurra. Aunque son conscientes de la dificultad de dejar de hacer todo cuanto hacemos en su contra, creen que podríamos intervenir en la naturaleza de modo que respondiera de la forma más favorable a nuestros intereses. Se trataría en definitiva de proteger y preservar técnicamente a la naturaleza de los ataques de la técnica. Pero el problema —debo insistir en esto— es que nos equivocamos al describir nuestra capacidad de intervención como poder. Es lo que se ha pensado durante la época moderna, y por eso se daba por descontado que su aumento sería a la postre beneficioso. Los hechos demuestran que el progresismo nacido con la Ilustración pecó de ingenuo. Hoy tenemos multitud de motivos para saber que someter la naturaleza a los dictados de la voluntad humana en vez de aprender de ella, o si se prefiere una expresión más dura y paradójica, convertirla en algo artificial, es justamente lo que hay que evitar. De modo que no es, no puede ser la solución.

¿Disponemos aún de tiempo para salvarnos?

La posición de los ecologistas más radicales, entre los que se encuentra Richard Powers, es que únicamente considerando lo peor como la posibilidad más real tenemos todavía opción de salvarnos. Solo la desesperanza, la creencia en que estamos perdidos, puede sacarnos del atolladero, porque la tendencia espontánea de la sociedad humana contemporánea, prisionera de un sistema económico que se fundamenta en el aumento constante de la riqueza, es la del maquinista que no duda en quemar la madera de los vagones del tren con tal de seguir avanzando. Nuestra única meta es no parar, continuar haciendo lo que hacemos, con las lastimosas consecuencias que esto puede tener. Lo malo es que confiar en la capacidad de la ciencia y la tecnología para revertir la situación en la que sus avances y nuestra complacencia con ellos nos han metido no deja de ser ilusorio. La única manera de no estrellarse con un tren que circula a la deriva es frenarlo y bajarse de él. Otra cosa, claro, es que se pueda.

Aunque son muchas las personas que presumen de ser conscientes del problema, la conciencia sola no basta para dar lugar a acciones capaces de solucionarlo. Presumir de ecologistas, mostrarse aterrorizados con el cambio climático, hablar a todas horas de sostenibilidad, no son operaciones que se traduzcan automáticamente en nada decisivo a efectos prácticos. Buena parte de la gente alarmada con el curso que están tomando las cosas obra en su vida cotidiana como si fuera suficiente con alimentar a una mascota y sustituir las bolsas de plástico por las de papel para frenar el desastre y devolver la Tierra a la paradisíaca situación de partida, cuando lo único que había hecho el hombre era poner nombre a las criaturas. Evidentemente, ninguna de estas prácticas es censurable, pero conviene saber que no sirven para salir del atolladero. De hecho, pueden ser incluso contraproducentes: nada desvía más del camino hacia la solución que necesitamos que la creencia de que bastan unos padrenuestros y unos golpes de pecho para estar haciendo lo que hay que hacer.

En este contexto de explotación creciente de la naturaleza y buena conciencia sin efectos, nadie puede asombrarse de que alguien como Richard Powers diga que no le gusta la sociedad actual, ni el tipo de personas que vive en ella, ni la manera en que se organiza el sistema productivo, ni cómo un saber superficial alentado por la publicidad, la industria cultural y la educación impiden la comprensión personal de la existencia, ni el bobo nihilismo que profesamos, ese desdén autocomplaciente hacia cualquier referencia superior, causa de que la naturaleza haya dejado de guiarnos. Por desgracia, no dispone de recetas para cambiar nada de esto. Adherirse a tal o cual movimiento, respaldar a tal o cual partido, arbitrar estas o aquellas medidas, todo a su entender es, en el fondo, inútil mientras continuemos viviendo como lo hacemos. Necesitamos un cambio de verdad, una reconfiguración radical, vivir de otra manera y no una simple revolución, pero ¿cómo se hace eso?

Cambiar la mentalidad de las personas es difícil. Las ideas preconcebidas son, por lo común, más fuertes que los hechos demostrados y los argumentos irrebatibles. Unos y otros chocan contra los prejuicios como las olas contra los acantilados. Según Powers, la manera más eficaz, y quizá la única, de encontrar una grieta en el muro de creencias que nos protegen de las novedades perturbadoras (¿y qué más perturbador que comprender que nuestro estilo de vida constituye una apuesta en favor del abismo?) es contar una buena historia. Los logros históricos de la novela son, en este sentido, considerables. La ficción literaria carece evidentemente de poder para cambiar el mundo, pero posee, en cambio, el poder de iluminar el alma y la sensibilidad de las personas y, por tanto, hacer posible a la larga ese cambio.

El deber de la novela

Las novelas presentan al lector un conflicto, un drama que puede ocurrir dentro de la persona (conflicto psicológico), entre personas o grupos (conflicto social o político) y entre personas y no personas (conflicto ambiental). Aunque tales conflictos pueden darse y de hecho se dan muchas veces juntos en el mismo texto, la novela tradicionalmente ha sentido predilección por los dos primeros tipos. Es lógico porque el conflicto ambiental es un problema reciente. Consciente de que los mayores desafíos de la humanidad están relacionados hoy con el entorno, Powers propone un cambio de tendencia. El deber de la literatura es ocuparse de esta clase de temas inéditos, máxime cuando la confianza en el progreso (lo que es tanto como decir en el poder de la ciencia y la tecnología que lo han dirigido hasta ahora) hace aguas ante el gradual desmoronamiento de las condiciones de habitabilidad del planeta. Las repercusiones que todo esto está teniendo en nuestra forma de concebir el mundo son evidentes. Que en los círculos intelectuales la gran cuestión ya no sea la muerte de Dios, sino la «posverdad», es una señal que no debería dejarse caer en saco roto. El fracaso de los ideales fundados en la idea de progreso no es un hecho frente al cual puedan cerrarse los ojos. Fue precisamente en el instante en que surgieron esos ideales cuando nuestra vida dejó de concordar con la naturaleza. Si el capitalismo y la globalización, inspirados en la creencia de que la voluntad humana es el fundamento de todo sentido, nos están llevando a una situación difícilmente compatible con la vida, hay que tomar cuanto antes conciencia de ella y obrar en consecuencia, por mucho que, como dijera irónicamente Fredric Jamenson, «sea bastante más fácil imaginar el fin del mundo que el fin del capitalismo».

Extinción de especies, cambio climático, contaminación de los océanos, pérdida de masa forestal, incluso la hipótesis planteada en el año 2000 de que estamos entrando en una nueva era geológica provocada por la acción humana, son hechos acreditados[1] que algunos consideran subterfugios ideológicos de los enemigos del capitalismo. Pero simplificar la cuestión llevándola al terreno de la pequeña política es lo que no habría que hacer bajo nin-

---

[1] Mientras escribo estas páginas la prensa informa de que estudios realizados en el lago Crawford, a las afueras de Toronto –este lago canadiense tiene la peculiaridad de que sus aguas superficiales no se mezclan con las aguas del fondo, de modo que los sedimentos procedentes de la atmósfera se acumulan allí en capas separadas que permiten analizar con precisión los efectos del paso del tiempo–, confirman que en los años cincuenta comenzó a producirse una alteración de los depósitos fruto de la quema de combustibles fósiles, la extinción de especies animales y vegetales y los ensayos de armas nucleares. Es lo que se conoce como «la gran aceleración», un fenómeno de dimensiones geológicas que muchos aún niegan.

gún concepto. No se trata de modelos políticos o económicos, se trata de que hoy, con el actual desarrollo industrial y tecnológico y una población de más de ocho mil millones de personas que identifican el bienestar con la posesión de bienes, el confort y el consumo, la conexión entre la actividad humana y el medio es demasiado intensa, y la única manera de aminorar las inquietantes alteraciones que la primera produce en el segundo es limitándola drásticamente.

Aunque la tradición nos haya acostumbrado a ver la conciencia humana como una anomalía, una enfermedad, un efecto del pecado original que explica y legitima nuestro dominio de la Tierra, el hecho bruto es que necesitamos cuanto nos rodea para poder ser lo que somos. Es cierto que el surgimiento de la conciencia humana introdujo en el mundo un tipo de transmisión más veloz que la transmisión genética, pero no hay que convertir esto en una conclusión. La transmisión cultural tampoco constituye el final: está sometida a evolución, como demuestra la aparición en nuestro tiempo de la transmisión digital, gracias a la cual se ha producido la aceleración exponencial del poder de la cultura y quien sabe si la aparición en el porvenir de nuevas criaturas. En vez de servirnos de la singularidad humana para disculpar todo lo que hacemos en perjuicio del resto de los seres vivos, sería preferible poner el acento en lo que compartimos con ellos. Los viejos griegos así lo hacían. Aristóteles, por ejemplo, no creía que pudiera comprenderse al ser humano sin tener en cuenta lo que hay en él de animal y vegetal. Bastaría con comparar la forma en que existen los seres que dependen de la genética, la cultura y la cibernética para darse cuenta de que, a pesar de que sus ritmos son diferentes, todos forman parte del mismo mundo y no solo tienen derecho a la casa común, sino que todos cumplen en ella una tarea de la que no se puede prescindir sin poner en grave riesgo el conjunto. Es la forma de vivir del hombre actual, esa obscena falta de consideración que hace que lo más superfluo sea lo más necesario, lo que constituye una amenaza para todos.

Richard Powers juega abiertamente en varias de sus novelas con la idea de una similitud profunda entre los sistemas vitales vegetales y animales y la inteligencia artificial (*Galatea 2.2* o *El clamor de los bosques*), o las imbricaciones entre música y genética (*The gold bug variations* y *Orfeo*). A su entender, nos equivocamos creyendo que las creaciones humanas son algo radicalmente diferente de lo que acontece en la naturaleza sin nuestra intervención. Son justamente esas creaciones, en especial las más avanzadas de la tecnología, las que nos ayudan a comprender mejor la complejidad asombrosa de los procesos vitales. Ser conscientes de los peligros de la civilización no implica repudiar sus logros ni mucho menos soñar con un romántico regreso a la naturaleza a la manera de Thoreau, sino más bien abrirse a la posibilidad de darles otro uso, estético o poético antes que económico, tal y como propone *Desconcierto*, su última novela. El mayor error del hombre moderno ha sido poner sus ideales fuera de ella y, lo que todavía resulta peor, comportarse como si la naturaleza no fuera nada de suyo, solo un medio del que se sirve el hombre para alcanzar sus objetivos, un indigente montón de materiales de los que echar mano cuando se los necesita.

En *El clamor de los bosques,* la novela en la que Powers alcanza a dar a su espíritu de denuncia el vuelo narrativo más alto, parece sugerirse que la única alternativa real a la degradación ambiental producida por la febril actividad del hombre contemporáneo es el cambio personal. Protagonizada por nueve personajes, cada uno de ellos con una vida y antecedentes familiares muy distintos que luego se entretejen como si fueran las raíces de los árboles de un bosque, la obra recorre deliberadamente un amplio arco temporal. La escala cronológica que le interesa al autor no es la del individuo sino la del bosque, algo que carece de realidad para el espíritu consumista característico del neocapitalismo. Cuando se tala una arboleda centenaria para construir un barrio de casas adosadas no se está acabando con un objeto reemplazable, primero porque no se trata de un objeto sino de un complejo entramado que concierne a montones de seres, y segundo porque nadie puede reemplazar de la noche a la mañana una realidad formada a lo largo de los siglos y que es consecuencia de procesos que no se pueden repetir a voluntad. Un bosque es una red, una totalidad compuesta por partes interconectadas, cada una de las cuales cumple cierta función. Es esa misma red, pero en sentido moral, la que va construyendo el narrador de la novela al mostrarnos las peripecias de los protagonistas, un grupo de personas dispuestas a salvar como sea los últimos bosques de secuoyas gigantes de los Estados Unidos. Lamentablemente, el impacto de su actitud es nulo porque el sistema —propiedad privada, libertad de mercado, legalidad vigente, etcétera— diluye inmediatamente su acción convirtiéndola en algo reprobable. La lógica del deseo insaciable que hace de la prosperidad algo susceptible de constante superación convierte el capitalismo en un implacable *perpetuum mobile*. Por otra parte, el orden moral, sostenido por las leyes y las costumbres, tiene un peso social mucho mayor que el orden ético. La ética puede animar a cambiar el orden moral, pero no cambiarlo directamente. Las leyes están por encima de todo. El sistema democrático de derecho se sustenta en esto. Y si lo que se cuestiona es justamente su sentido —el sentido de unas leyes que anteponen intereses diversos a la conservación de la vida—, las posibilidades de ser estigmatizado aumentan sobremanera. ¿Cómo oponerse a unas leyes basadas en la total falta de conciencia acerca de la importancia de la naturaleza?

El hombre contemporáneo vive como si fuera el último hombre de la Tierra. No piensa en el mañana, se interesa únicamente por satisfacer sus deseos, y esto es lo que la ley que él mismo establece como si fuera la ley divina defiende. Tratar de impedir que un bosque milenario sea abatido para beneficio de una empresa maderera se convierte así, inevitablemente, en un acto terrorista. El derecho a destruir la naturaleza en nombre de la rentabilidad económica es uno de los pilares de nuestros sistemas jurídicos. Acudir a los tribunales con el propósito de evitarlo apenas sirve de nada –los tribunales de justicia llaman justicia a la estricta aplicación de las leyes nacidas de la voluntad del cuerpo legislativo– y la prueba es que la devastación aumenta sin cesar. Por si fuera poco, las leyes otorgan más relevancia a los procedimientos que a los fines. Son y fueron siempre el negocio de los abogados, un gremio que vive muy bien de hacer funambulismo en la cuerda floja de la legalidad. La trampa de las democracias actuales es dar por supuesto que los fines dependen de la voluntad de los votantes y que solo se hace lo que estos quieren. El político del signo que sea sabe que para hacer unas cosas es indispensable no hacer otras y lo que nunca se hace es aquello que pueda limitar el deseo de consumo de la sociedad. El progreso material es un movimiento a expensas de la naturaleza, un movimiento que todos quieren, pues, como escribió Freud, «estamos conformados de tal modo que podamos obtener un disfrute intenso solo del contraste y muy poco del estado de las cosas».

La influencia de la poesía, la literatura, el arte o la filosofía disminuyó notablemente tras la Segunda Guerra Mundial. Su mundo –la historia– fue reemplazado poco a poco por una realidad sin trascendencia en la que las ideas iban a perder capacidad para suscitar o conducir los acontecimientos. Los tecnócratas fueron apoderándose de los resortes del poder –el poder verdadero, que es el de abrir los caminos que llevan al futuro– mientras la tecnología se convertía en la columna vertebral de las sociedades humanas. La voz de poetas y filósofos dejó de interesar; a quienes había que oír ahora era a los científicos. Los problemas de la nueva época parecían tener que ver solo con el crecimiento, no con el sentido. Hasta que, de pronto e inesperadamente, la propia tecnología se ha dado cuenta del peligro que encierra la idea del crecimiento ilimitado. Vivir como si todo límite fuera una limitación que debe rebasarse ha puesto a la Tierra en situación de máximo estrés. Muchos investigadores creen que hemos entrado ya en una fase irreversible que llaman Antropoceno. La especie humana se ha enseñoreado de todo lo que hay y el resto de formas de vida están supeditadas a ella. Nuestra mortífera influencia provoca la extinción constante de especies, pero el problema no es tanto la desaparición puntual de alguna de ellas, sino el efecto negativo que tales desapariciones tienen sobre los ecosistemas. Estos son sistemas complejos de interacciones, redes delicadas que la presión humana puede destruir y que, de hecho, está destruyendo. Los estragos de nuestra agresividad son innumerables, pero a pesar de llevar décadas escuchando advertencias de todo tipo, da la impresión de que nos hemos acostumbrado a ellas y que nos bastan nuestros pequeños gestos cotidianos para sentirnos satisfechos, como si con esos gestos mínimos, teatrales y declamatorios pudiera detenerse el proceso. Powers sabe que no, sabe que es necesario un giro radical, y por eso ha puesto la ficción al servicio de la que, a su entender, es nuestra tarea más urgente. Su convicción como escritor es que la ficción es capaz de alterar el terreno de lo familiar y crear ese misterio y esa inestabilidad que quizá nos lleven a tomar realmente en serio el asunto.

∾

Quiero agradecer a dos buenos amigos, Juan Malpartida y Jorge Brioso, la ayuda que me prestaron para que este libro haya visto la luz. El libro es importante para mí, desde luego, pero mucho menos que su amistad.

José María Herrera, enero de 2025

Catálogo Bokeh

ABREU, Juan (2017): *El pájaro*. Leiden: Bokeh.

AGUILERA, Carlos A. (2016): *Asia Menor*. Leiden: Bokeh.

— (2017): *Teoría del alma china*. Leiden: Bokeh.

AGUILERA, Carlos A. & MOREJÓN ARNAIZ, Idalia (eds.) (2017): *Escenas del yo flotante. Cuba: escrituras autobiográficas*. Leiden: Bokeh.

ALABAU, Magali (2017): *Ir y venir. Poesía reunida 1986-2016*. Leiden: Bokeh.

— (2019): *Mordazas*. Leiden: Bokeh.

ALCIDES, Rafael (2016): *Nadie*. Leiden: Bokeh.

ANDRADE, Orlando (2015): *La diáspora (2984)*. Leiden: Bokeh.

ARMAND, Octavio (2016): *Concierto para delinquir*. Leiden: Bokeh.

— (2016): *Horizontes de juguete*. Leiden: Bokeh.

— (2016): *origami*. Leiden: Bokeh.

AROCHE, Rito Ramón (2016): *Límites de alcanía*. Leiden: Bokeh.

BLANCO, María Elena (2016): *Botín. Antología personal 1986-2016*. Leiden: Bokeh.

CABALLERO, Atilio (2016): *Rosso lombardo*. Leiden: Bokeh.

— (2018): *Luz de gas*. Leiden: Bokeh.

CALDERÓN, Damaris (2017): *Entresijo*. Leiden: Bokeh.

CASTAÑOS, Diana (2019): *Yo sé por qué bala la oveja mansa*. Leiden: Bokeh.

— (2019): *The Price of Being Young*. Leiden: Bokeh.

COLUMBIÉ, Ena (2019): *Piedra*. Leiden: Bokeh.

CONTE, Rafael & CAPMANY, José M. (2019): *Guerra de razas. Negros contra blancos en Cuba*. Leiden: Bokeh, colección Mal de archivo.

DÍAZ DE VILLEGAS, Néstor (2015): *Buscar la lengua. Poesía reunida 1975-2015*. Leiden: Bokeh.

— (2015): *Cubano, demasiado cubano. Escritos de transvaloración cultural*. Leiden: Bokeh.

— (2017): *Sabbat Gigante. Libro primero: Hojas de Rábano*. Leiden: Bokeh.

— (2018): *Sabbat Gigante. Libro segundo: Saigón*. Leiden: Bokeh.

Díaz Mantilla, Daniel (2016): *El salvaje placer de explorar*. Leiden: Bokeh.

Espinosa, Lizette (2019): *Humo*. Leiden: Bokeh.

Fernández Fe, Gerardo (2015): *La falacia*. Leiden: Bokeh.

— (2015): *Notas al total*. Leiden: Bokeh.

Fernández Larrea, Abel (2015): *Buenos días, Sarajevo*. Leiden: Bokeh.

— (2015): *El fin de la inocencia*. Leiden: Bokeh.

Ferrer, Jorge (2016): *Minimal Bildung. Veintinueve escenas para una novela sobre la inercia y el olvido*. Leiden: Bokeh.

Gala, Marcial (2017): *Un extraño pájaro de ala azul*. Leiden: Bokeh

Galindo, Moisés (2019). *Catarsis*. Leiden: Bokeh.

Garbatzky, Irina (2016): *Casa en el agua*. Leiden: Bokeh.

García, Gelsys (2016): *La Revolución y sus perros*. Leiden: Bokeh.

García, Gelsys (ed.) (2017): *Anuncia Freud a María. Cartografía bíblica del teatro cubano*. Leiden: Bokeh.

García Obregón, Omar (2018): *Fronteras: ¿el azar infinito?* Leiden: Bokeh.

Garrandés, Alberto (2015): *Las nubes en el agua*. Leiden: Bokeh.

Gómez Castellano, Irene (2015): *Natación*. Leiden: Bokeh.

González Nohra, Fernando (2019): *Con sumo placer*. Leiden: Bokeh.

Guerra, Germán (2017); *Nadie ante el espejo*. Leiden: Bokeh.

Gutiérrez Coto, Amauri (2017): *A las puertas de Esmirna*. Leiden: Bokeh.

Hernández Busto, Ernesto (2016): *La sombra en el espejo. Versiones japonesas*. Leiden: Bokeh.

— (2016): *Muda*. Leiden: Bokeh.

— (2017): *Inventario de saldos. Ensayos cubanos*. Leiden: Bokeh.

Hondal, Ramón (2019): *Scratch*. Leiden: Bokeh.

— (2020): *La caja*. Leiden: Bokeh

Hurtado, Orestes (2016): *El placer y el sereno*. Leiden: Bokeh.

Jesús, Pedro de (2017): *La vida apenas*. Leiden: Bokeh.

Kozer, José (2015): *Bajo este cien*. Leiden: Bokeh.

— (2015): *Principio de realidad*. Leiden: Bokeh.

Lage, Jorge Enrique (2015): *Vultureffect*. Leiden: Bokeh.

Lamar Schweyer, Alberto (2018): *Ensayos sobre poética y política. Edición y prólogo de Gerardo Muñoz*. Leiden: Bokeh, colección Mal de archivo.

Lukić, Neva (2018): *Endless Endings*. Leiden: Bokeh.

Marqués de Armas, Pedro (2015): *Óbitos*. Leiden: Bokeh.

Miranda, Michael H. (2017): *Asilo en Brazos Valley*. Leiden: Bokeh.

Morales, Osdany (2015): *El pasado es un pueblo solitario*. Leiden: Bokeh.

— (2018): *Zozobra*. Leiden: Bokeh.

— (2023): *Lengua materna*. Leiden: Bokeh.

Méndez Alpízar, L. Santiago (2016): *Punto negro*. Leiden: Bokeh.

Padilla, Damián (2016): *Phana*. Leiden: Bokeh.

Pereira, Manuel (2015): *Insolación*. Leiden: Bokeh.

Pérez, César (2024): *La capital del sol. Tragicomedia en tres actos*. Leiden: Bokeh.

Pérez Cino, Waldo (2015): *Aledaños de partida*. Leiden: Bokeh.

— (2015): *El amolador*. Leiden: Bokeh.

— (2015): *La isla y la tribu*. Leiden: Bokeh.

— (2019): *Apuntes sobre Weyler*. Leiden: Bokeh.

Ponte, Antonio José (2017): *Cuentos de todas partes del Imperio*. Leiden: Bokeh.

— (2018): *Contrabando de sombras*. Leiden: Bokeh.

Portela, Ena Lucía (2016): *El pájaro: pincel y tinta china*. Leiden: Bokeh.

— (2016): *La sombra del caminante*. Leiden: Bokeh.

— (2020): *Cien botellas en una pared*. Leiden: Bokeh.

Quintero Herencia, Juan Carlos (2016): *El cuerpo del milagro*. Leiden: Bokeh.

Rodríguez, Reina María (2016): *El piano*. Leiden: Bokeh.

— (2018): *Poemas de navidad*. Leiden: Bokeh.

Saunders, Rogelio (2016): *Crónica del decimotercero*. Leiden: Bokeh.

Starke, Úrsula (2016): *Prótesis. Escrituras 2007-2015*. Leiden: Bokeh.

Sánchez Mejías, Rolando (2016): *Mecánica celeste. Cálculo de lindes 1986-2015*. Leiden: Bokeh.

Timmer, Nanne (2018): *Logopedia*. Leiden: Bokeh.

Valdés Zamora, Armando (2017): *La siesta de los dioses*. Leiden: Bokeh.

Vega Serova, Anna Lidia (2018): *Anima fatua*. Leiden: Bokeh.

Villaverde, Fernando (2016): *La irresistible caída del muro de Berlín*. Leiden: Bokeh.

— (2016): *Los labios pintados de Diderot*. Leiden: Bokeh.

Williams, Ramón (2019): *A dónde*. Leiden: Bokeh.

WITTNER, Laura (2016): *Jueves, noche. Antología personal 1996-2016.* Leiden: Bokeh.

ZEQUEIRA, Rafael (2017): *El winchester de Durero.* Leiden: Bokeh.

— (2020): *El palmar de los locos.* Leiden: Bokeh.

www.ingramcontent.com/pod-product-compliance
Lightning Source LLC
Chambersburg PA
CBHW031114020726
47495CB00007B/2197